**괴테는
모든 것을 말했다**

Original Japanese title: GOETHE WA SUBETE WO ITTA
Copyright © 2025 Youi Suzuki
Original Japanese edition published by Asahi Shimbun Publications Inc.
Korean translation rights arranged with Asahi Shimbun Publications Inc.
through The English Agency (Japan) Ltd. and BC Agency

이 책의 한국어판 저작권은 BC에이전시를 통해
저작권자와 독점계약을 맺은 포레스트북스에 있습니다. 저작권법에 의해
한국 내에서 보호를 받는 저작물이므로 무단전재와 복제를 금합니다.

괴테는
모든 것을 말했다

스즈키 유이 지음 | 이지수 옮김

리프

- **일러두기**
1. 주석은 모두 옮긴이 주이다.
2. 『파우스트』 본문을 인용하는 경우 저자의 의도를 고려해 일본어를 한국어로 번역하는 방식을 취했다. 단, 저자가 일본어 없이 독일어만 써놓은 경우는 한국어판 『파우스트』 역자와 출판사의 허락을 구해 해당 부분의 한국어 번역문을 함께 실은 뒤 별도로 표기했다.
3. 이 책의 볼드체와 강조점 표기는 모두 저자가 강조한 것이며, 원문에서 박스로 강조한 부분은 이탤릭체로 표기하였다.

차
례
—

괴테는 모든 것을 말했다 006

저자 후기 240
옮긴이의 말 242

prologue

얼마 전 나는 장인 히로바 도이치를 따라 독일 바이에른주 오버아머가우 마을에서 수난극을 보고 왔다. 도이치가 오랜 세월 요직을 맡아온 일본독일문학회 의뢰로 떠난 취재 여행이었다. 곧 정년을 맞이하는 공로자에게 주는 작은 작별 선물이라는 의미도 적잖이 담겨 있는 그 일의 내용은, 학회 홍보지 《독언獨言》에 몇 쪽이라도 좋으니 글을 써달라는 것이었다. 물론 도이치 본인은 매우 진지하게 그 일에 임했지만 그래도 역시 오랜만에 방문하는 독일이었다. 약 2주 간의 체류 기간 틈틈이 자잘한 일정을 끼워 넣고 딸에게 여행안내 책자까지 만들어 달라고 하는 모습은 옆에서 보기에도 확연히 들떠 있었다.

아마도 마지막이 될 취재 여행의 동행으로 도이치가 아내도 딸도 아니고 사위인 나를 고른 이유는 내가 전부터 유럽 종교극에 유별난 관심을 품고 있어서 잊을 만하면 그에 관한 화제를 꺼내는 데다가 여러 지면에 글을 쓴 탓도 있겠지만, 사실 그보다는 단순히 말동무로 딱 알맞은 상대가 필요했기 때문일 것이다. 우리는 나리타공항에서 헬싱키를 경유해 10시쯤 프랑크푸르트에 도착했다. 다음 날 오후에는 곧장 마을로 나가 연극 연습을 견학할 예정이어서 그날은 잠깐 시내를 둘러보기만 하고 이른 오후부터 각자의 호텔 방에서 쉬기로 했는데, 밤이 되자 결국 도이치가 "내 방에 와서 한잔하자고" 하며 전화를 걸어왔다.

와인파인 도이치는 내가 호텔 근처에서 급하게 구해온 맥주에는 눈길도 주지 않고 사과주만 홀짝였지만 같이 사 온 치즈와 소시지 쪽으로는 손을 뻗었다. 다음 날부터 시작될 일정 확인, 일본에 있는 가족과의 연락, 나의 최근 일에 관한 잡담 등을 한바탕 마친 후 "그러고 보니 6년 전에도 함께 프랑크푸르트에 왔었죠" 하고 내가 말했다. 왜 이제껏 그 이야기를 꺼내지 않았는지는 모르겠다. 어쩌면 서로가 자기도 모르는 사이에 쓸데없는 배려를 했을 수도 있다. 그러나 일단 말을 꺼내면 추억담에

절로 꽃이 핀다. 가지와 잎이 자라고 새로운 씨앗도 움튼다.

평소 과묵한 그로서는 드물게—사과주도 분명 맛있었을 것이다— 순식간에 얼굴이 불그레해지더니, 독일 여행 추억담은 마침내 "괴테는 모든 것을 말했다"라는 문장에 이르렀다. 도이치는 말했다.

"돌이켜보면 그 문장이 내 인생의 시도 동기Leitmotiv였네. 난 툭하면 그 농담을 떠올리면서 남들을, 세상을, 무엇보다 나 자신을 웃음거리로 만들었거든. 하지만 이제야 확신이 들어. 그건 역시 단순한 농담이 아니라 일종의 계시였던 게야."

그런 다음 그가 시작한 것은 나도(그리고 아마 아내도) 제대로는 들어본 적 없는 이야기였다. 지난번 독일 여행의 발단이 된 일련의 소동에 관해 내게 이야기한다는 것은 곧 '글로 써라'라는 지령일까? 아니면 '써도 된다'라는 허락일까? 놀라는 와중에도 이 기회를 놓쳐서는 안 된다는 직업적 직감이 들었다.

"장인어른, 모처럼 말씀해 주시는 것이니 녹음해도 될까요?" 하고 묻자 그는 쑥스러워하면서도 고개를 끄덕였다.

그다음부터 나는 여행 내내 틈만 나면 6년 전 그 일에 관한 도이치의 증언을 손전화기[1]로 녹음했다. 타고난 수다쟁이인 나도 이때만큼은 듣는 입장을 철저히 고수했고, 오랫동안 대학에서 교편을 잡은 도이치는 혼자 이야기하는 것이라면 두말할 나위 없는 전문가였기에 자료는 착착 쌓여갔다. 마을에 가서도 도이치가 수난극의 역사나 연출에 대해 메모할 때 나는 옆에서 오로지 녹취록을 만드는 데 열중했고, 모처럼 수난극 공연을 볼 때도 머리 한구석에서는 장인의 이야기를 곱씹고 있었다.

녹취록 작업은 독일에 있을 때 대강 끝내두고, 귀국한 뒤로는 차츰 소설의 형태로—안타깝게도 나는 이렇게밖에 쓸 줄 모른다— 다듬어 나갔다. 다시 말해 도이치가 '나'라고 말한 부분은 전부 '도이치' 또는 '그'로 고쳤고, 가족을 제외하고 살아 있는 관계자의 이름이 나오는 경우 알파벳으로 표기하거나 가명으로 바꾸었다. 필요하다고 판단되는 부분에는 설명을 적당히 넣었으며 에피소드는 시간의 흐름에 따라 순서를 정렬했다.

---

1 저자는 '스마트폰(スマートホン)'의 준말인 '스마호'를 한자를 이용해 '済補'라고 표기한 뒤 '스마호(スマホ)'라고 음을 따로 달았다. 그는 한 인터뷰에서 "소설에 '스마호'라는 단어를 쓰는 데 위화감을 느꼈기에 사용하고 싶지 않았다. (삐삐나 팩시밀리 등의) 전자제품은 시대감이 배어나기 때문에 직접 취음자(고유어나 외래어 등을 음만 비슷한 한자로 적은 글자)를 만들었다"라고 밝혔다. 이 책에서는 그런 저자의 뜻과 한국 독자의 가독성을 두루 고려해 '済補'를 '손전화기'로 옮겼다.

최소한의 사실 확인을 하고 도이치 이외의 등장인물(주로 그의 아내와 딸, 때로는 나) 쪽 의견을 듣기는 했지만 원칙적으로는 도이치가 한 말 그대로 문장화하는 것을 목표로 삼았다. 그렇지만 때로는 상상력을 발휘해 내 멋대로 지어낸 부분도 적지 않았는데, 실제로 다 쓴 작품을 센다이의 자택으로 보냈더니 도이치는 답신에 "재미있게 읽었다"라며 호의적이고도 자세한 감상을 적은 뒤 "내가 내가 아니라는 것 말고는 전부 실화였다"라고 덧붙였다. 나는 그것을 이 작품에 대한 가장 큰 보증으로 여겨 이렇게 세상에 내놓기로 했다. 이 책을 집어 든 분 가운데는 당연히 히로바 도이치의 저작을 좋아하는 이도 많을 것이다. 그런 분은 도이치 본인이 이미 발표한 「괴테의 미발표 편지에 대하여」(https://www.hakugei.site/backnumber/123)도 함께 읽어보시기를 강력히 추천드린다. 이 작품의 학술적 기술에 오류가 있다면 모두 저자의 책임이다.

마지막으로 뭐든지 싫증을 잘 내고 쉽게 잊어버리는 저자가, 이 작품을 집필할 때 이야기의 주제와 구조를 한시라도 놓치지 않기 위해 노트북의 항상 보이는 위치에 붙여둔 괴테의 두 문장을 여기에 옮겨 적어두고자 한다(전자는 토마스 만의 강연에서 재인용한 것이지만, 만이 이를 괴테의 말이 지닌 명언적 성질과 연관 지은

점까지 포함해 이 구절이 나에게 중요한 의미가 있었다).

> 우리는 느낀 것, 관찰한 것, 생각한 것, 경험한 것, 공상한 것, 이성적인 것과 가능한 한 직접적으로 일치하는 말을 찾아내려는, 피할 수 없고도 날마다 새롭게 반복되는 근본적인 진지한 노력을 하고 있다.
>
> 『잠언과 성찰』 388항

> 자연계에서는 색채의 전체성을 구현하는 보편적 현상을 결코 볼 수 없다. 완벽한 아름다움으로 가득한 그 현상을 보여주는 것은 실험이다. 그러나 그 완전한 색채 현상이 둥근 고리 모양을 이루고 있음을 이해하려면 직접 종이에 안료를 칠해보는 것이 가장 좋다.
>
> 『색채론』 교시편 815항

I

히로바 노리카가 아버지 도이치와 어머니 아키코를 교외 이탈리안 레스토랑으로 데려간 것은 12월 초 화요일 밤이었다. 그날은 히로바 부부의 결혼기념일이었고, 세어보니 결혼 25주년인 은혼식 해이기도 해서 딸이 서둘러 축하 자리를 마련했다. 미타에 있는 자택에서 가게까지는 딸이 운전을 맡았다. 도이치는 겨울밤 산길을 노리카가 운전하는 것이 불안해 시종일관 안절부절못했다. 이윽고 붉은 지붕이 보였고, 주차장에는 '로마 ROMA'라는 가게 이름을 나무 막대기로 얽은 간판이 걸려 있었다. 가게 조명은 은은했고 평일 밤이라 그런지 손님은 드문드문했지만 그렇다고 썰렁한 분위기는 아니었다. 부부는 스물두

살짜리 외동딸이 개인이 운영하는 학원에서 아르바이트하며 받은 박봉으로 저녁을 한턱낸다는 마음만으로도 충분히 감격했는데, 음식 맛에는 더욱 놀랐다.

아버지는 레드 와인을, 딸은 아페롤 소다 칵테일을 주문했고 귀갓길 운전을 맡은 어머니는 산비테르[1]로 건배했다. 건배사는 평소처럼 아버지가 했다.

"Trauben trägt der Weinstock! / Hörner der Ziegenbock; / Der Wein ist saftig, Holz die Reben, / Der hölzerne Tisch kann Wein auch geben. / Ein tiefer Blick in die Natur! / Hier ist ein Wunder, glaubet nur![2]" —『파우스트』에서 인용한 이 말은 학창 시절부터 그의 단골 레퍼토리여서 대학교 교직원이나 학생을 데리고 가는 회식 자리에서도 매번 읊을 정도다. 그러니 아키코와 노리카도 얼추 외우고 있어

---

1 이탈리아의 논알코올 식전주.
2 "포도송이는 포도나무에 열리고, / 두 개의 뿔은 숫염소에 달렸다! / 포도주는 액체, 포도덩굴은 나무, / 나무식탁에서도 포도주는 나온다. / 자연을 꿰뚫는 심원한 눈초리! / 여기 기적 일어나니, 믿을지어다!"라는 뜻. 한국어 번역은 『파우스트 1』(이인웅 옮김, 문학동네, 2009) 144쪽에서 인용.

서 마지막 부분은 합창처럼 들렸다. 전채요리는 뷔페 형식이었는데 각자 접시에 카프레제, 참치 겨자채 샐러드, 정어리 소테, 가지 버섯 라자냐 등등 좋아하는 것을 덜어 와 누가 잘 담았는지 겨루었다. 메인 요리로는 뇨키와 양고기 커틀릿을 주문했다. 커틀릿 위에 여봐란듯이 얹힌 토마토는 무척 달고 맛있었다. 도이치는 올해로 예순셋이지만 여전히 먹성이 좋았다. 하물며 딸이 마련한 축하 자리이니만큼 더더욱 의욕을 냈다.

노리카에게는 이번 기회에 부모의 연애 시절 에피소드를 캐내려는 은밀한 의도가 있었다. 그래서 틈만 나면 "데이트할 땐 어디 갔어?" "러브레터는 썼어?" 하고 물었지만 그 방면 이야기를 부끄러워하는 도이치가 대답할 리 없었고, 그런 남편 앞에서는 아내도 아무 말 하지 않았다. 딸과 둘만 있을 때면 그와 관련된 이야기를 아예 안 하진 않았지만—바로 얼마 전에도 그런 대화를 나누었다—, 아키코는 남편과의 25년보다 딸과의 22년이 훨씬 더 말할 맛이 났다. 식사 도중 다섯 살이 되었다는 여자아이의 생일을 식당에 있던 사람 모두가 축하해 주었는데, 그 이벤트가 아키코의 자식 자랑을 한층 부채질했다. "노리카가 저만할 땐 진짜 귀엽고 손도 많이 안 가서 주위 엄마들이 다 부러워했는데……." 도이치는 레드 와인을 추가로 주문했고,

끝까지 기분 좋게 아내의 딸 자랑을 가만히 듣고 있었다.

지금이야 일본의 괴테 연구 일인자로 불리는 도이치지만, 스승인 독문학자 운테이 마나부의 둘째 딸과 결혼했을 때는 어언 서른여덟 살이었다. 슬슬 불혹도 코앞에 다가왔으니 '지금처럼 독신으로 지내며 몸도 마음도 학문에 바치자' 하고 결심을 굳혀가고 있었는데, 당시 이미 정년퇴직했으나 여전히 뒤에서 돌봐주던 은사로부터 "앞으로 교수로 살아갈 생각이면 역시 결혼을 해야지……" 하고 갑작스럽게 받은 권유에 이제 막 부교수가 된 도이치의 각오는 싱겁게 무너졌다. 그리하여 소개받은 아키코는 굳이 표현하자면 험상궂은 인상의 아버지와는 딴판으로 사랑스러운 용모였고, 어린 시절 스승의 집에서 본 소녀 시절 모습은 어렴풋이 남아 있으면서도 20대 후반의 어른스러운 명랑함이 선명하게 배어나 도이치의 눈동자 안쪽부터 눈꺼풀 뒤쪽까지 그녀의 색으로 가득 찼다. 한편 아키코도 예전부터 집에 드나들던 아버지의 애제자에게 쭉 마음을 품고 있었던 모양이다. 딸의 비밀스러운 연심을 아내에게 전해 들은 아버지는 늘 가족보다 학문을 우선시한 것을 속죄라도 하는 양 자신의 권위를 남용해 일종의 정략결혼을 성사시켰다(노리카는 이러한 사정을 부모보다는 오히려 외할머니와 이모의 이야기를 통해 더욱 잘 알게 되었다). 반년이 채 안 되는 교제 기간을 거친 뒤 운테이 집안 사람들이 다니며 마나부도 오랫동안 집사를 맡아온 루터 교회[3]의 예배당에서 결혼식을 올렸다.

'그로부터 사반세기가 지났구나' 하고 도이치는 새삼 생각했다. 그동안 일어난 일을 늘어놓으면 그것만으로도 '히로바 도이치'라는 학자의 이력을 모조리 이야기하는 셈이 될 것이다. 결혼하고 얼마 뒤 박사 논문 「괴테의 사상으로 본 세계의 전일성에 대하여 Über die Totalität der Welt bei Goethe」를 일반 독자 대상으로 다시 쓴 『괴테의 꿈―잼인가? 샐러드인가?』로 산토리학예상을 받으며 도이치의 이름은 학계 전체에 알려졌다. 같은 해 스이요도출판에서 나온 괴테 전집 제1권 『파우스트』 번역으로는 바벨번역대상을 수상했는데, 그 번역은 원문의 중후함을 유지하면서도 학자의 문체에서 흔히 느껴지는 고루함이 없다며 호평 일색이었다. 새천년 새 번역 붐[4]에도 힘입어 그 뒤로 잇달아 독일 고전 문학을 번역하여 그의 이름은 일반 문학 독자들 사이에서도 착실히 퍼졌다. 새로운 세기에 딸을 얻었고 무사히 모교의 부교수도 되었다. 산시몬출판의 『세계 백과사전』에 '괴테' 항목을 썼고(이는 같은 출판사의 『포켓 문학 대감』에도 요약되어 실렸다),

로고스서방의 『서양 고전 문학 정선』에 엮은이로도 이름을 올리는 등 꾸준히 실적을 쌓아 드디어 정교수가 되었다. 지지난해부터는 일본독일문학회의 회장을 맡고 있다. 도이치는 자신의 인생을 돌아볼 때 괴테의 대작 『빌헬름 마이스터』 속 한 구절인 "아버지의 당나귀를 찾으러 갔다가 왕국을 발견했다"라는 문장을 떠올리지 않을 수 없었다. 유일한 아쉬움이 있다면 노리카가 자신이 몸담고 있는 대학에 진학하지 않았다는 것 정도다. 하지만 이 말을 꺼내면 아내가 딸에게 잔소리(예: "노리카는 공부를 열심히 안 했잖아. 음악에만 푹 빠져서는……")를 할 테고, 또 딸은 어머니를 사이에 두고 아버지를 공격(예: "아빠도 책만 읽다가 재수했는걸……")할 테니 참기로 한다.

식후에는 세 사람이 각자 고른 케이크—도이치는 포도 타르트, 아키코는 밤 밀푀유, 노리카는 딸기를 으깨어 넣은 치즈

---

3 독일의 종교 개혁가 마르틴 루터에 의해 시작된 성서 중심의 그리스도교 교파 가운데 하나.
4 2000년대 초중반 일본의 여러 출판사에서 고전문학 작품을 현대의 감각에 걸맞게 번역해 경쟁적으로 출간했다.

케이크—를 먹었다. 그에 곁들여 홍차도 마셨는데, 몇십 종류나 되는 홍차가 진열된 선반에서 아키코가 골라 온 얼그레이 티백 봉투를 열었을 때 가족들은 그 꼬리표 부분에 인쇄된 글자들을 발견했다.

"'Be strong, live happy and love, but first of all. / Him whom to love is to obey, and keep. / His great command. —John Milton.[5]'"

딸이 지난해까지 유학했던 런던에서 열심히 익힌 듯한 고급스러운 영국 표준 영어 퀸즈(당시는 아직 퀸의 시대였다) 잉글리시로 자기 홍차 꼬리표에 적힌 글자를 읽었다. "『실낙원』이구나. 뭐, 좋은 말이긴 한데 좀 기네. 엄마 건 뭐라고 적혀 있어?"

영어 실력은 중학교 수준에서 딱 멈춰버린 어머니는 아까 접시 가장자리로 치워둔 티백에서 꼬리표만 떼어내 딸에게 건넸다.

"'At the touch of love everyone becomes a poet.' 와,

---

[5] 강건하라, 행복하게 살아가며 사랑하라, 그러나 무엇보다 그분(하느님)을 사랑하라. 이는 즉 그분께 순종하는 일이며, 그분의 위대한 계명을 지키는 일이다. (『실낙원』 8권, 633-638)

플라톤이네. 사랑의 손길을 받으면 누구나 시인이 된다는 뜻이지. 좋다, 좋아. 엄마, 내 거랑 바꿔요."

딸과 아내가 영시의 거장과 위대한 고대 철학자의 문장을 교환하는 모습을 바라보며 도이치는 '그렇군, 사랑에 관한 명언을 모아놓은 티백이구나' 하고 취기가 완전히 오른 머리로 몽롱하게 생각하면서도 딱히 자기 것을 확인하려 하지는 않았다. 그런 도이치에게 딸이 갑자기 물었다. "아빠 건?"

"으음⋯⋯." 아버지는 딸에게 은근한 열등감을 느끼며 독일 억양(이라고 본인은 주장하지만 실은 단순히 학창 시절부터 잘하지 못했을 뿐인) 영어 발음으로 꼬리표의 글씨를 읽었다.

"'Love does not confuse everything, but mixes.'"

"누가 한 말인데?" 아키코가 물었다. 도이치는 아무런 대답 없이 그저 꼬리표만 가리켰다. 그 문장 아래에는 'Goethe'라는 글자가 적혀 있었다.

"우와!" 아내와 딸이 얼굴을 마주 보며 놀라더니, "역시 굉장해"라며 입을 모아 도이치에게 칭찬을 퍼부었다. 노리카는 신이 나서 "아빠, 괴테랑 붉은 실로 이어져 있네" 하고 치켜세우기까지 했다. 이 말에는 도이치도 얼굴이 붉어졌다. 칭찬이 지나쳐 놀림이 되기 전에 "그만, 그만" 하며 제지했지만 내심

썩 싫지만은 않았고, '역시 나의 괴테 사랑은 하늘도 아시는구나' 하며 딸보다 훨씬 엉뚱한 생각도 했다. 이때 그의 머릿속에 떠오른 것은 23년 전 신혼여행 때 생긴 일이었다.

앞서 이야기했듯이 결혼하고 한동안은 도이치의 일이 이모저모 바빴던 탓에 신혼여행은 2년 늦게 떠났다. 생활의 냄새를 풀풀 풍기는 신혼부부를 중심으로 장모님, 장인어른에 처가 쪽 친척 몇 명과 마나부의 교회 멤버까지 합세했다. 우연찮게 밀레니엄이었던 덕분에 축제 분위기로 가득한 이스라엘을 교파를 초월해 단체 여행으로 순례했는데, 도중에 갈릴리 호숫가의 가게에서 피터스 피시라는 음식을 먹게 되었다. 예수가 첫 번째 제자 베드로에게 물고기를 낚으라고 하여 그 물고기가 물고 있던 데나리온[6] 은화로 세금을 내게 했다는 복음서의 일화에서 유래한 명물이다. 아무튼 유명한 음식이라서 서른 명쯤 되는 순례자들은 모두 같은 메뉴를 주문했다. 드디어 뚜껑을 열어보니 마나부의 교회 목사와 가톨릭 신부, 그리고 당시에는 아직 회사원이었으나 이미 신학교에 가기로 마음먹고 있던 마

---

6 고대 로마 신약 시대의 은화 단위.

나부의 남동생 오사무 앞에 놓인 생선만 1세겔짜리 동전을 물고 있었다. 이를 본 도이치는 과연 운명이 선택한 사람이 있구나 하고 순순히 감탄했는데(동시에 자신은 역시 헌신과는 거리가 먼 속물 같다는 생각을 굳혔다), 설마하니 이 나이가 되어 그와 비슷한 체험을 할 줄이야. 아무 생각 없이 고른 티백이라도 기쁜 건 기쁜 법이다. 'Goethe'라는 글자를 황홀하게 바라보고 있자니 딸이 아버지의 손에서 꼬리표를 낚아채며 "'사랑은 모든 것을 혼란스럽게 만들지 않고 한데 섞는다', 그런 뜻인가?" 하고 휘릭 번역했다.

"이야, 좋은 말이네." 독일어도 영어도 잘 모르는 데다 밀턴에도 플라톤에도 아까 전채요리로 나온 포타주에 띄워져 있던 크루통만큼이나 아무런 감흥이 없는 아키코는, 그 말 자체에 대해서라기보다 필시 영어를 아는 똑똑한 딸과 대학교수 남편이 있는 이상적인 자신의 가정에 만족하는 표정으로 감탄했다. "어디서 들어본 것 같기도 한데······."

"아마 『서동시집』일 거야." 도이치는 그렇게 덧붙였다. 오직 학식만으로 아키코에게 위엄을 유지해 온 가부장다운 근엄한 말투로. 확신은 전혀 없었다. 하지만 그렇다고 딱히 문제가 될 것도 없었다. 어차피 아내는 연애 시절부터 아무리 설명해

줘도 『서동시집』이 무엇인지 기억하지 못했고, 결혼한 뒤에 선물한 『헤르만과 도로테아』와 도이치가 번역해서 아내에게 바친 『친화력』도 읽었는지 말았는지 알 수 없었다[7]. 그나마 말이 좀 통하는 딸은 딸대로 고개를 갸웃거리며 "영어가 어색한 건 번역 문제일 테니 어쩔 수 없지만……" 하며 중얼중얼 혼잣말하고 있었던 탓에 결국 도이치의 말은 누구의 귀에도 닿지 못하고 허공으로 사라졌다.

✦

"괴테는 모든 것을 말했다."

이 말이 도이치의 머릿속에 번뜩 되살아났다. 그는 이 농담을 독일 동중부의 대학 도시 예나에서 유학하던 시절 높직한 언덕에 있는 교외 하숙집에서 이웃으로 지내던 요한이라는 미술학도에게 들었다. 늘어서 있는 적갈색 지붕들을 태양이 물들이고, 베란다에 널린 빨래가 시원한 바람에 팔랑팔랑 나부끼는

---

7   셋 다 괴테의 저작이다.

것이 보였다. 1988년 여름 아침의 일이다. 어떤 맥락에서 요한이 그런 말을 꺼냈는지는 전혀 기억나지 않지만 그 순간의 풍경과 감각은 또렷이 뇌리에 박혔다(그래서 연도와 계절이 나중에 떠오른 것이다. 거리의 풍광을 봤다는 것은 분명 두 사람이 요한의 방 베란다로 나가 담배라도 피우면서 밤새 이야기를 나눴다는 뜻이리라). 그 말은 장차 일본에서 괴테 전문가로 대성하리라는 뜻을 품고 있었던 당시의 도이치에게 묘하게 예언처럼 들렸고, 이윽고 귀에 달라붙어 떨어지지 않았다.

"독일 사람은 말이야." 요한이 말했다. "명언을 인용할 때 그게 누구의 말인지 모르거나 실은 본인이 생각해 낸 말일 때도 일단 '괴테가 말하기를'이라고 덧붙여 둬. 왜냐하면 괴테는 모든 것을 말했거든."

뭐든 좋으니 시험해 보라는 말에 젊은 도이치는 "괴테가 말하기를……" 하며 한동안 생각에 잠겼다. 한정된 독일어 어휘 속에서 재치 있는 문장을 얼른 조합해 내기란 어려웠고, 겨우 입을 열고 한 말은 "괴테가 말하기를, '벤츠보다 혼다'"였다.

이 말을 듣자마자 요한은 배를 움켜쥐고 웃기 시작했다. 너무 웃어댄 나머지 앞구르기까지 했고, 결국은 도이치가 독일어 일상 회화 특훈을 받은 보답으로 전수해 준 좌선 자세로 진정해야 했다. 물론 도이치가 참선에 소양이 있을 리는 없었고, 그저 요한이 자꾸만 방법을 묻는 통에 입에서 나오는 대로 알려줬을 뿐이다. 하지만 이 독일인은 그 말을 곧이곧대로 믿었고, "도이치가 너무 웃기니까 좌선으로 진정시키는 수밖에 없어" 하며 숨을 들이쉬고, 내쉬고, 또 들이쉬고…… 하는 식으로 스승이 전수해 준 방법을 고지식하게 반복했다.

"그랬다가 낭패 보는 거 아니야?" 하며 쓴웃음을 짓는 도이치에게 요한은 "아냐, 괜찮아, 괜찮아. 애당초 괴테가 언제 태어난 사람인지 알고 있는 독일인이 몇이나 되겠냐고" 하며 또다시 껄껄 웃었다. 도이치는 이웃의 짝퉁 좌선을 보며 자신이 일본 전통문화에 대해 같은 짓을 했듯이 이 독일인도 순진한 외국인에게 잘못된 지식을 심어주려는 게 아닐지 의심했다. 하지만 점차 '아니야, 의외로 맞는 말인지도 몰라, 히카루 겐지가 미나모토노 요시쓰네와 함께 다이라노 마사카도랑 싸운 줄 아는 일본인도 있다고 하니까[8]' 하며, 언젠가 대학교 도서관의 일본어 신문에서 본 일화를 떠올리고는 곧이어 자신도 배를 잡고 웃었다.

그 이후 도이치와 요한 사이에서는 "괴테가 말하기를"을 말의 앞뒤에 붙이는 것이 둘만의 농담이 되었다. 도이치가 오래된 독일어 문헌 독해로 머리를 감싸 줄 때면 요한이 "괜찮아. 괴테도 말했잖아. '신은 스페인어로, 여자는 이탈리아어로, 남자는 프랑스어로, 말馬은 독일어로 이야기한다'라고. 말이 할 수 있는 걸 네가 못할 리 없지" 하고 격려해 주었고, 식당에서 끔찍하게 맛없는 로트 그뤼체[9]가 나왔을 때는 "'아침은 황제처럼, 점심은 왕처럼, 저녁은 가난뱅이처럼 먹는다', 이건 괴테도 했던 말이지"라며 불만을 삭였다. "괴테가 말하기를"의 이러한 남용이 다른 사람들의 "괴테가 말하기를"까지 못 믿게 만든 것은 어떤 면에서 피치 못할 결과였다. 당시 대통령이었던 바이츠제커가 연설 등에서 자주 괴테를 인용하는 모습을 TV나 신문에서 보면 괜스레 웃음이 났고, 수업 도중 어떤 학생이 "괴테가

---

8 미나모토 가문과 다이라 가문은 일본 사무라이 가문의 양대 세력으로, 헤이안 시대 말기 두 가문 사이의 내전인 겐페이 전쟁에서 미나모토 가문이 승리해 일본 최초의 무사 정권인 가마쿠라 막부가 수립되었다. 참조로 미나모토와 다이라는 각각 '겐지', '헤이시'라고도 읽으며, 두 가문의 무장인 미나모토노 요시쓰네와 다이라노 마사카도는 태어난 시대가 동떨어져 있어 실제로 만난 적이 없다. 히카루 겐지는 헤이안 시대의 소설 『겐지 이야기』의 주인공으로 허구의 인물인데, 작중 천황이 그에게 미나모토라는 성(姓)을 하사해 '겐지'가 된다.

9 독일 디저트의 일종.

말했지요. '예술은 제약 속에서 태어난다'"라고 했을 때는 저절로 미심쩍은 마음이 들었다(나중에 실제로 괴테가 '예술은 제약 속에서 태어난다'라고 말했다는 사실을 T. S. 엘리엇의 인용을 통해 알았을 때는 상당한 부끄러움과 약간의 죄책감을 느끼지 않을 수 없었다). 베를린 장벽이 무너졌을 때는 "괴테는 말했지. '만세, 만세, 만세!'" 하며 둘이서 기뻐했다. 그 하숙집에서 지낸 것은 1년 남짓한 무척 짧은 기간이었지만 그것만으로도 분명 '괴테는 모든 것을 말한' 듯한 기분이 들었다.

그 뒤 다른 독일인에게 "괴테가 말하기를"을 몇 번 시도해봤으나 모두가 "넌 나보다 독일을 잘 아는구나" 하며 칭찬만 할 뿐 전혀 농담으로 받아들이는 기색이 없었다. 그러니 역시 그건 독일인이라면 누구나 아는 말이 아니라 요한이 지어낸 농담이었는지도 모른다. 요한 같은 젊은 예술가 지망생이 자신의 특수성을 보편적 사실로 퍼트리거나 그렇게 착각하는 것은 흔한 일이니까. 어쨌거나 도이치에게 "괴테는 모든 것을 말했다"라는 말은 청춘 시절 유희의 상징 같은, 말하자면 마법의 주문 같은 의미를 지니고 있었다. 그러나 하나의 주문에 지나치게 기대면 그 효능이 점차 떨어지는 건 불가피한 일이다.

일본에서 괴테 전문가로 이름이 알려진 뒤, 당연히 도이치는 학생이나 동료 학자, 괴테를 좋아하는 일반인과 대화하며 괴테의 말을 인용하거나 그들의 인용을 듣는 경우가 종종 있었지만 그 출처가 단박에 떠오르는 때는 기껏해야 두 번에 한 번 정도였다. 처음에는 그 자리에서 출처를 물어보거나 나중에 직접 찾아보는 수고를 마다하지 않았지만, 같은 일이 반복되다 보니 점점 그러기도 힘들어졌다. 특히 그가 괴테 협회 이사라든가 학부장이라는 직함을 달게 된 뒤로는 일단 일본의 괴테 연구 제일인자로 알려진 자신이 "괴테가 그런 말을 했던가요?" 하고 물어보기라도 하면 인용한 상대가 여러모로 거북해하리라는 것은 불 보듯 뻔한 일이었다. 설령 어떤 악취미가 담긴 속셈으로—일테면 나쓰메 소세키의 『나는 고양이로소이다』에 나오는 미학자 메이테이처럼— 명언을 인용하는 사람을 만난다 해도 그런 자에게는 역시 무언으로 대응하는 것이 상책이었다. 그래서 도이치는 언제부턴가 괴테의 말이라고 들으면 대수롭지 않은 척하며 '아마도 어딘가에서 말했겠지, 아, 혹시 그 책에서 봤던가? 응, 봤던 것 같아' 하고 적당히 넘기게 되었다. 또 도이치 자신도 소소한 대화 도중 자기도 모르게 괴테의 권위를 빌려 의견을 밀어붙이려 할 때가 있었다. 그때마다 도이치는 "괴테는 모든 것을 말했다"라는 말을 씁쓸하게 떠올렸지만, 그런 일이 몇 번이고 반복되자 어느 순간부터는 떠올리는 것조차 잊어버렸다. 마법의 주문은 돌고 돌아 지금은 도이치를 좀먹는 저주가 되었다.

그렇다고 도이치가 그 주문, 아니 저주에 휘둘리는 일은 이제 없었다. 아내 앞에서 미쳐 날뛰는 맥베스도 아니고. 도이치는 그렇게 생각하며 티백 꼬리표를 뒷주머니에 찔러 넣고 이미 상당히 식어버린 홍차를 마저 들이켰다.

처음부터 딸에게 얻어먹을 생각은 없었기에 "슬슬 계산하지" 하고 아내의 무릎을 찔러 신호를 보냈다. 그런데 마침 그때 딸이 벌떡 일어나 홍차 선반 쪽으로 성큼성큼 걸어가더니 아까와 같은 종류의 얼그레이 티백을 한 움큼 가져왔다(사실 딸은 그 사이 계산까지 마치고 돌아왔다). 그리고 티백 봉투를 차례로 뜯어보며 하나하나 트집을 잡기 시작했다. "'The love you take is equal to the love you make. —Paul McCartney'? 아니지, 존의 'Love is old, love is new. Love is all, love is you'가 더 나아[10]. 그치, 아빠?" "'Love conquers all things.—Virgil'? 아, 진짜. 이건 초서가 한 말이잖아[11]" 하는 식이었다. 그 모습을 지켜보며 도이치는 '폴이든 존이든 상관없지만 이런 상업적 이용은 저작권법에 걸리지 않는 걸까?'라는 생각만 하고 있었다. 괴테에 관한 건 벌써 까맣게 잊어버리고서. 결국 노리카의 조사로 그 티백에는 사랑에 관한 명언이 적어도 스무 개 넘게 인쇄되어 있다는 사실이 밝혀졌다.

"그래서, 이거 어떻게 할 거야?" 테이블 위에 가득한 티백을 내려다보며 기가 막힌다는 듯이 아키코가 말했다.

"당연히 전부 마셔야죠. 나머지는 스태프가 맛있게 먹었습니다.[12]" 노리카는 태연한 얼굴로 대꾸했다.

"그럼 아침 커피는 당분간 미뤄야겠군."

그러나 노리카의 핸드백에 가득 담긴 티백은 결국 한 달 뒤 수요일, 히로바가※의 쓰레기봉투에 담긴 채 수거되어 소각장에서 연기가 되었다.

---

10 둘 다 비틀스의 노래 가사로 전자는 〈The End〉, 후자는 〈Because〉.
11 해당 문장은 고대 로마의 시인 베르길리우스의 시에 나오는 구절로, 영국 시인 제프리 초서가 영어로 번역해 자신의 작품에 인용하며 유명해졌다. 여기서는 영문과 학생인 노리카가 착각한 것이다.
12 일본의 요리 예능 등에서 관용적으로 사용하는 멘트로, 남은 음식을 낭비하지 않고 잘 처리했다는 뜻.

집으로 돌아온 뒤 노리카는 곧장 자기 방으로 가서 가벼운 복장으로 갈아입고 나오더니 "잠깐 뛰고 올게" 하며 재빨리 밖으로 나갔다. 요즘 갑자기 다이어트를 해야겠다고 말하는 노리카는 매일 밤 러닝을 하러 나가 좀처럼 돌아오지 않는다. 그다지 다이어트가 필요한 체형으로는 보이지 않는 데다 그런 걸 신경 쓸 성격도 분명 아니지만, 아버지가 그런 부분에 참견하는 건 역시 좀 내키지 않아서 도이치는 모른 척했다. 하지만 또한 아버지로서 이런 늦은 시각에 외동딸이 밤길을 달린다는 것에 대한 약간의 불안감도 떨쳐내지 못했다. 전에 아내에게 이 이야기를 했더니 "괜찮을 거야. 걘 합기도도 했잖아"라며 전혀 신경 쓰지 않는 눈치였다. 정말이지 차갑기 그지없다. 그런 아내는 벌써 거실 TV 화면에 자신이 좋아하는 유튜버의 영상을 띄워두고 보면서 묵묵히 하바리엄[13]을 만들고 있었다. 아내가 푹 빠진 유튜버는 독일인 정원사였다. 도이치는 그 이상 알

---

13   보존 기능이 있는 특수 용액에 식물을 담가 보관하는 것.

지 못했으며 알고 싶지도 않았다. 예전에는 본가에 있는 넓은 마당에서 수십 종에 달하는 식물을 키우던 아내였지만, 지금은 그 유튜버를 따라 조그만 화분에 여러 식물을 모아 심거나 테라리엄[14]을 만들어 앨리스나 피터 래빗의 세계에 빗대는 것에서 즐거움을 찾고 있었다. 도이치는 이를 노리카가 태어난 무렵 장인의 권유대로 아파트 한 채를 장만하면서 정원 딸린 집에 살자고 했던 부부 사이의 오래된 약속을 휴지 조각으로 만든 자신에 대한 항의로 받아들였다. 조금 전까지 사랑의 말을 나누던 가족은 이제 각자의 취미에 몰두해 삼위일체와는 완전히 거리가 멀어졌다.

곧 도이치도 서재 겸 보조 침실로 물러났다. 가죽을 씌운 등받이 부분이 너덜너덜하게 닳아빠진 의자에 앉자, 바지 뒷주머니에서 작은 물건의 감촉이 느껴졌다. 아참, 하며 아까의 티백 꼬리표를 꺼내어 온갖 메모가 붙어 있는 코르크판에 핀으로 꽂아뒀다. 그런 다음 책상 위에 흩어져 있는 수북한 문서 더미를 좌우로 헤쳐 퇴고 중인 교정지를 집어 들었다.

---

14 밀폐된 유리그릇이나 조그만 유리병 등에 작은 식물을 재배하는 것.

어느 TV 방송에서 쓸 원고였다. 프로그램 제목은 〈잠 못 드는 밤을 위해〉. 매주 일요일 새벽 1시에 방영하는, 초청받은 전문가가 책을 좋아하는 연예인 몇 명에게 다달이 바뀌는 지정 도서에 대해 강연을 해주는 형식의 30분짜리 프로그램으로 총 4화 분량이다. 도이치의 책 『일곱 명의 파우스트』는 몇 년 전 출간된 이후 학술서치고는 제법 빠르게 중쇄를 찍었고 지난해 말 정식으로 신서판까지 나왔는데, 이 책으로 도이치를 처음 알았다는 젊은 방송 프로듀서가 직접 섭외를 해와서 도이치는 이듬해 4월에 방영될 『파우스트』 회를 맡기로 했다. 도이치의 지인 가운데 이 프로그램에 출연했던 사람들 대부분이 "생각보다 자유롭게 강의할 수 있었고 편집 방식도 괜찮았어"라고 말했고, 무엇보다 제안이 들어왔다고 했을 때 딸의 반응이 나름대로 좋았기 때문에("아, 그날 밤 집에 와서 TV 틀었을 때 마침 하고 있었던 그 방송 말이지! 재밌더라, 빠져들던데?"라고 했다) 섭외를 흔쾌히 수락했다. 상당히 의욕적으로 쓴 원고는 삽화와 도식도 풍성하게 넣었고, 방송국과도 여러 차례 의견을 주고받은 끝에 드디어 최종 원고 마감일이 다가오고 있었다—녹화는 약 두 달 뒤, 원고 출간은 그로부터 한 달 뒤다. 기존 저서에서 가져와 딱히 수정할 필요가 없는 서두의 해설 부분(「비극인가? 희극인가?」부터 「『파우스트』의 성립과 구조」까지)은 건너뛰고 24쪽 「생각하는 사람」부터 퇴고를 시작했다.

> 그럼, 이제 이야기의 초반부터 살펴보겠습니다. 온갖 학문을 섭렵한 파우스트 박사는 자신의 인생을 돌아보고 한탄하며 말합니다.
>
> 아아, 나는 지금까지 철학이며 / 법학 그리고 의학 / 심지어 쓸모없는 신학까지 / 열과 성을 다해 배우고 익혀왔건만 / 이처럼 아무것도 바뀐 게 없이 / 초라하고 멍청한 예전 그대로다.(354-358)
>
> 그가 학문에 인생을 바친 끝에 얻은 깨달음은 학문을 통해서는 아무것도 알 수 없다는 사실뿐이었습니다. 그의 손에는 기쁨도, 존엄도, 돈과 재산도, 명예도, 권위도 쥐어져 있지 않았습니다. 그래서 그가 기댄 것은 마법이었습니다. 그는 '이 세계를 가장 핵심적인 부분에서 통솔하는 무언가'를 찾아내기를 소망합니다. 그러면 더는 공허한 말을 되풀이할 필요가

없기 때문입니다. 여기서 문제가 되는 건 유럽적 지식의 한계겠지요. 유럽에는 예로부터 플라톤주의와 기독교라는 두 가지 사상적 원류가 존재했는데, '세계의 토대를 지탱하는 이데아'를 찾는 플라톤주의는 교회의 일신교적 사고 모델로 위장되었고 수많은 사상가가 이 문제에 해답을 내어놓기 위해 애썼습니다. 베이컨의 귀납법도, 데카르트의 보편학도……스피노자…….

그러나 도이치는 눈앞에 펼쳐둔 원고에 좀처럼 집중할 수 없었다. 애초에 오늘 밤에는 일할 생각이 없었다. 그렇다고 아까처럼 거실에 있어봤자 딸은 없고 아내와 나눌 이야깃거리도 딱히 떠오르지 않았다. 그래서 결국 일로 도망치는 수밖에 없었지만, 문장을 몇 번이고 훑어봐도 단어들이 고르지 않아 보였다. 하기야 원고에는 수많은 단어가 있으며 저마다 역할에 맞춰 배열되어 있다. 한 단어를 다른 곳으로 옮겨 넣으면 그 즉시 전체 문장의 의미가 통하지 않게 될 것이다. 하지만 그렇다고 해서 어휘 하나하나가 완전한 필연성을 가지고 그 자리에 있다고는 도무지 확신할 수 없었다. 구체적으로 말하자면 '이야기의 초반'은 '작품의 첫머리'라고 해도 될 테고, '온갖 학문'은 '모든 학문'이라 해도 될 것이다. '말합니다'는 '이야기합니다'라고도, '이렇게 고백합니다'라고도 바꿀 수 있다. 애당초 마지막 사상사 부분은 정말 숙고하고 썼던가……? 이렇게 생각하기 시작하면 도무지 끝이 없었다. 무엇보다 두려운 점은 이 글을 썼던 몇 달 전의 자신은 그 필연성을 확신하고 있었다는 것이다. 그러나 지금 시점의 도이치가 믿을 수 있는 건 결국 그 몇 달 전의 자기 자신뿐이라는 점도 분명해서 몇 달 전의 내가 괜찮다고 여겼으면 지금의 나도 괜찮다고 여길 수 있겠지, 하며 인내심을 가지고 뒷부분을 계속 읽어나갔다.

> ……파우스트 박사는 문득 성서의 문장을 자기 나름의 독일어로 번역해 보자고 생각합니다. 그가 고른 문장은 요한복음 1장 1절, '태초에 말씀이 계시니라'라는 구절이었습니다. 파우스트는 '말씀'이라는 부분부터 좌절합니다. 정말로 태초에 있었던 것은 '말씀'일까? 그래서 '태초에 생각이 계시니라', '태초에 힘이 계시니라' 하며 자신만의 해석을 해나갑니다. 그리하여 최종적으로는 '태초에 행위가 계시니

라'를 선택했지요. 여기에 앞으로 펼쳐질 모든 이야기가 담겨 있다고 해도 과언이 아닙니다. 본디 파우스트는 학문(=말)의 인간이었습니다. 그러나 말은 그에게 아무것도 주지 않았습니다. 그래서 앞으로는 인간이 할 수 있는 모든 '행위'를 해보겠다는 겁니다. 문학의 세계에서는 이를 파우스트적 충동이라고 부릅니다. 후대의 많은 문학자가 이 파우스트적 충동을 주제로 작품을 썼습니다. 바이런의 「만프레드」, 발자크의 『절대의 탐구』, 플로베르의 『성 앙투안느의 유혹』, 이는 결국 문학자의 욕망 자체가 파우스트적이라는 것을 암시하며, 이윽고 말라르메는……

여기서 참을 수 없어진 도이치는 고개를 들었다. 상반신으로 열이 쏠리며 눈이 핑핑 돌았다. 배가 살살 아파서 황급히 화장실로 달려갔다. 와인 몇 잔에 이렇게나 힘들다니. 내 몸도 나이를 먹었구나. 변기에 앉아 이렇게 자조하던 중 'La chair est triste, hélas! et j'ai lu tous les livres_{육체는 슬프다. 아아! 그리고 나는 모든 책을 다 읽었구나}'라는 시[15]가 문득 떠올랐다. 결국 뭘 먹든 전부 한데 뒤섞여서 나오는군, 하고 생각하며 뒤를 닦았다. 화장실을 나와서 현관을 보니 아직 딸의 연분홍색 호카 러닝화가 없었다.

방으로 돌아와 미련 없이 접이식 침대를 펼치고 드러누웠지만 어지러움은 점점 더 심해질 뿐이었다. 벽에 걸린 셰델의 『뉘른베르크 연대기』와 구텐베르크 성서의 인큐내뷸러[16] 낱장, 그동안 제자들에게 받은 감사 편지, 유치원 시절 딸이 그려준 가족 그림—엄청나게 많은 책으로 둘러싸인 거대한 악어가 아래쪽 절반을 차지하고 아버지는 그에 맞서며 어머니와 딸은 뒤에서 지켜본다. 가족의 머리 위로는 상당히 굵은 무지개가 떠 있어서 심리학자에게 보여주면 나름대로 흥미를 느낄 법한 구도다—, 학창 시절 표지가 다 닳을 정도로 탐독했던 책장에 가득한 문고본들, 평소 "쓰든가 사라지든가 Publish or Perish[17]"라는 통념을 비판하면서도 결국 몇 년에 한 권씩은 꼬박꼬박 출간해 온 저서들, 아는 연구자가 보낸 증정본과 서평을 부탁받은 책,

---

15 프랑스 시인 스테판 말라르메의 시 「바다의 미풍」 중 첫 구절. 한국어 번역은 『시집』(황현산 옮김, 문학과지성사, 2005)에서 인용.
16 유럽에서 인쇄술이 시작된 15세기 후반에 간행된 인쇄본.
17 논문을 내지 않으면 성과가 없는 것으로 간주되어 학자로서 살아남지 못한다는 뜻.

올해 생일에 딸이 선물한 마루야 사이이치와 데이비드 로지의 소설(두 권 다 아직 못 읽었다. 뭐가 '나는 모든 책을 다 읽었구나'인가! 차라리 '몇 권의 책을 못다 읽었구나[18]'라고 하는 편이 낫다. 그리고 보니 이제 곧 소세키의 기일이군), 책상 위 원고, 다음 달 열리는 교수 모임까지 훑어봐야 할 자료, 코르크판에 꽂아둔 조각난 생각의 파편, 이 모든 것이 마치 태풍처럼 소용돌이치고 있었다. 도이치의 온갖 생각, 힘, 행위의 소산일 말, 말, 말…… 그러나 그는 지금 그 안에서 새로운 생각이나 힘, 행위의 태동을 느낄 수 없었다. 어쩌면 일단 언어화된 생각이나 힘이나 행위는 핀으로 꽂아 표본 상자에 가지런히 넣어둔 나비처럼 두 번 다시 날갯짓하지 못하는 게 아닐까 하는 생각까지 들었다. "Das Wort erstirbt schon in der Feder말은 붓에 닿는 순간 죽어버린다.[19]" 아아, 또다. 결국 난 모든 것을 말로 표현하지 않고서는 못 견디는 거야. 나비는 꽃들 사이를 이리저리 날아다니며 꽃가루를 옮기는 모습이 아

---

18 나쓰메 소세키가 쓰러지기 전 아쿠타가와 류노스케 앞으로 보낸 편지에 쓴 시구 "가을이 되었네 한 권의 책을 못다 읽은 채"를 변형한 것.
19 『파우스트』 1부에서 계약을 기록으로 남기기를 요구하는 메피스토펠레스에게 파우스트가 하는 말.

름다운 건데. 하지만 태풍에는 반드시 눈이 있는 법. 모든 말은 실상 그 한 점을 향해 몰아칠 뿐이다. 말의 탁류에 휩쓸리며 도이치는 몸을 일으켜 그 정지된 점을 아리아드네의 실처럼 움켜쥐고, 뽑아냈다.

Love does not confuse everything, but mixes. —Goethe

가만히 바라보고 있자니 그 속에 늘어선 글자가 점점 떠오르는 것처럼 느껴졌다. 작은 꼬리표 너머로 세계가 통째로 흐리게 보였다.

✦

이때 도이치의 마음속에서 소용돌이치던 흥분인지 불안인지 모를 감정을 소상히 밝히려면 그가 학자로서 주장해 온 바를 가볍게라도 다루어 둘 필요가 있을 것이다. 이를 이해하기에 적절한 자료는 역시 1999년에 나온 첫 단독 저서 『괴테의 꿈—잼인가? 샐러드인가?』(햐쿠가쿠칸)이리라.

세계의 다양성. 그것은 세계의 복잡성과 직결된다. 이 복잡성을 풍요로움으로 받아들이는 사람이 있는가 하면 난해함으로 받아들이는 사람도 있다. 풍요로움으로 받아들이는 사람 가운데는 그것을 확장하려 하는 사람도 있고 자기네를 위해서만 남겨두려는 사람도 있다. 난해함으로 받아들이는 사람 가운데는 그것을 이해하려는 사람도 있고 거부하는 사람도 있다. 이처럼 그 대처법부터가 다양하고 복잡하다. 복잡함은 결코 혼돈을 뜻하지 않는다. 그러나 현대의 정보 사회는 혼돈으로 오인할 수밖에 없는 엄청난 속도로 움직이고 있으며, 모든 것이 한꺼번에 곧바로 들이닥친다. 그것은 대체로 한 개인의 수용력을 넘어선다. 사람들은 이에 대해 반사적으로 두려움을 느끼며, 있는 그대로 사랑하기란 어렵다. '세계는 다양하다'라는 진리만큼이나 '세계는 어떤 식으로 하나여야 하는가'라는 물음도 오래되었다. 이 두 가지는 말하자면 원 플러스 원으로, 특히 일신교를 기반으로 하는 서구 지성에서 수없이 이 질문을 반복해 왔다. ……그리고 이 다양성과 통일성의 문제에 대해 괴테만큼 고뇌하며 글을 남긴 사람은 없다.

이렇게 시작하는 이 책에는 괴테가 남긴 두 가지 경구가 중요한 키워드로 등장한다.

> 세계는 죽이나 잼으로 이루어져 있지 않다. 딱딱한 음식을 씹어야 한다.
> ―「격언풍으로」에서
>
> 세계는 말하자면 안초비 샐러드다. 모든 것을 하나로 뒤섞어 먹어야 한다.
> ―「비유적 및 경구풍으로」에서

도이치는 이 서로 다른 두 세계관을 각각 '잼적 세계' '샐러드적 세계'라고 이름 붙였다. 그의 말에 따르면 잼적 세계란 모든 것이 하나로 녹아든 상태, 샐러드적 세계란 사물이 개별적 구체성을 유지한 채 하나의 유기체를 이루는 상태를 가리킨다. 이러한 세계관의 유형으로 미국 사회의 '용광로'와 '샐러드볼', 일본의 '어우러짐和'과 서양의 '전일성'을 서술한 뒤, 주로 괴테의 문학작품 및 『색채론』, 세계문학 이론 등을 인용하며 괴테의 흔들리는 세계관을 탐구해 나간다. 결론에 이르러서는 『파우스트』에서 메피스토펠레스의 대사 "자, 들어보시오. 나는 수천 년 동안이나 / 이 세계라는 딱딱한 음식을 씹어왔지만 / 요람에서 무덤까지의 여정 중 / 이 오래된 빵효모를 소화한 자는 여태까지 한 명도 없었습니다. / 거짓말할 리가 있겠습니까? 이 우주라는 진수성찬을 소화할 수 있는 건 / 오직 신뿐입니다"(1776-1781)를 인용하며, 괴테는 인간이 그 한계로 인해 세계를 샐러드적으로 이해하고 구성하는 수밖에 없다고 생각하면서도 잼적 세계의 이해를 신에게 맡겼다고 했다. 마지막은 "어쩌면 그 이상理想은 시적 차원의 틈새에서 찾을 수 있을지도 모른다"라고 마무리했다.

이 책은 발표 당시 단순한 학술서를 뛰어넘어 현대적 세계에 대한 이해의 관점을 제시하는 획기적인 인문서로 상당한 화제를 모았다. 이미 다양성이라는 말이 넘쳐나는 사회를 살아가는 독자로서는 다소 시대에 뒤처진 듯한 느낌을 주는 부분도 분명 있었지만, 포스트모더니즘 붐이 한풀 꺾이던 시기에 문학 작품의 텍스트 독해를 토대 삼아 쉬운 언어로 세계를 이해하려는 이 책은 장르를 불문하고 수많은 사람들에게 환영받았다. 표지로 선택한 마그리트의 「헤겔의 휴일」이라는 그림도 그 인기에 한몫했을 터다. 출간 1년 뒤, 이 '폼페이안 레드'(북디자이너 모 씨가 이 명칭에 집착했다) 표지의 책이 여전히 역 앞 서점 매대에 진열되어 있었을 때, 유럽 연합이 '다양성 속의 조화In varietate concordia'라는 표어를 내걸었고 도이치에게는 이와 관련된 새로운 집필 의뢰가 날아들었다. 또 당시 논란을 일으킨 '누가 내 치즈를 옮겼을까?' 사건[20]에 대해서도 이야기할 기회가 있어서 문고본으로 재출간할 때는 각각에 관한 평론을 추가했다.

잼적 세계와 샐러드적 세계. 도이치는 이 키워드를 지난 스무 해 동안 발전시켜 왔다. 단지 책만 쓴 것이 아니라, 고작 문학 연구자가 끼어들 데가 아니라는 말을 들을까 봐 우려하면서도 국제 정세나 문화 문제에 대해 사회학자, 철학자와 대담도 활발히 나누었다. 다행히 사람들이 대부분 '히로바 도이치' 하면 '잼과 샐러드'라고 기억해 줘서 이야기가 순조롭게 풀릴 때가 많았다. 도이치가 가장 빈번하게 미디어에 얼굴을 내밀던 시기에는 "잼이 아니라 샐러드를!" 하고 주장하는 그를 국민 애

---

20 세상의 변화에 어떻게 대처할 것인지를 우화적으로 설명한 당시의 베스트셀러 『누가 내 치즈를 옮겼을까?』를 둘러싼 찬반 논란을 말함.

니메이션 캐릭터에 빗대어 "샐러드 아저씨"라고 부르는 젊은이들도 있었을 정도다.

그러나 유럽적 공동체성을 핵심으로 삼은 도이치의 이론은 브렉시트 이후 여러모로 힘을 잃어갔고, 최근 우크라이나 정세가 그러한 흐름에 박차를 가하기도 했다. 그런 와중에 처음에는 그저 운세 제비뽑기에서 나온 대길처럼 빛났으나 점차 주문 혹은 저주의 상징처럼 보여 내던져 두었던 "괴테는 모든 것을 말했다"라는 말이 도이치의 눈앞에서 다시금 광채를 되찾았다. 심지어 그 빛은 처음보다 눈부신 데다 야릇하기까지 했다.

"Die Liebe verwirrt nicht alles, sondern vermischt es."
도이치는 눈앞에 있는 괴테의 명언을 독일어로 직역해 시험 삼아 소리 내어 읽어봤다. 그러자 갑자기 그 문장이 괴테스럽지 않게 느껴져서 놀랐다. 하지만 이것이 정말 괴테가 한 말이라면, 18, 19세기 독일어를 언젠가 누군가가 영어로 번역했고 또 그것을 현대의 일본인이 독일어로 바꾼 셈이니 어찌 보면 당연한 일이다.

"사랑은 모든 것을 혼동시키지 않고 혼연일체로 만든다."
이번에는 일본어로 옮겨봤다. 그러자 조금은 괴테스러워졌다. 그때 도이치의 머릿속에 떠오른 것은 물론 잼과 샐러드였다.

사랑은 모든 사물을 잼처럼 혼동시키지 않고 샐러드처럼 혼연일체로 만든다. 이렇게 파우스트 박사처럼 자기식으로 번역해도 좋을 것이다. 그러나 'mix'를 어떻게 해석할지 아직 뚜렷한 확신이 없었다. 'confuse(혼동하다)', 말하자면 잼적 도이치에 대한 대립 개념으로서 'mix(뒤섞다)'를 일단 샐러드적 도이치로 해석했는데, 정말 그래도 되는 걸까?

그건 이 말의 원문을 찾아 문맥 속에서 판단하는 수밖에 없었다. 만약 이것이 내가 생각한 그 문장이라면, 이야말로 내 괴테 연구의 진수를 한마디로 표현한 지언至言일 것이다. 하지만 그게 아니라면······. 어쨌거나 도이치는 이 명언을 그저 "괴테는 모든 것을 말했다"로 대충 얼버무릴 수 없다고 생각했다.

II

아키코가 이미 일어나 있다는 것은 거실에서 복도를 타고 들려오는 글렌 굴드의 골드베르크 변주곡(물론 아키코에게 특별한 추억이 있는 1981년의 재녹음판)으로 알았다. 도이치는 그 선율에 잠에서 깨어나 방 안을 한 바퀴 둘러보았다. 지난밤의 일이 마치 거짓말인 것처럼 모든 말이 확실한 자리를 가지고 있어서 문득 〈오즈의 마법사〉의 마지막 장면(물론 주디 갈런드가 도로시로 나온 영화판 쪽)이 떠올랐다. 하지만 손에 쥐여 있는 *Love does not confuse everything, but mixes. —Goethe* 라는 티백 꼬리표를 보자 꽤 진지하게 '다행이다, 꿈이 아니었어' 하는 생각이 들었다. 잠옷 차림 그대로 방을 나서니 시선은 자연스레 현관 쪽으로 향했다. 노리카의 러닝화는 틀림없이 제자리에 있었다. 언제 돌아온 걸까? 내가 일어나 있을 때 현관문이 열렸다면 그 소리로 알아차렸을 것이다. 애초에 난 언제 잠들었지?

거실에서는 굴드가 13번 변주곡을 끝내려는 참이었다. 10분 어긋나 있는 시곗바늘이 6시 39분을 가리키고 있었다. 그렇다는 건 지금은 6시 29분 아니면 49분이라는 뜻이다. 아키코는 베란다에 내놓은 올리브와 허브에 물을 주고 있었다. "굿모닝"이라고 말을 걸자 "어머, 일찍 일어났네" 하며 몸을 이쪽으로 틀었지만, 눈과 손은 여전히 식물에 집중한 채 "잘 잤어?" 하고 덧붙였다.

도이치는 "배가 좀 아픈 것 같아" 하고 복부를 문지르며 소파에 앉았다. 또 금세 잠들 것 같다.

"어제 너무 많이 먹더라니."

"응. 게다가 과음도 했지."

"이따가 젤리 줄게."

그로부터 한 시간쯤 지나(시곗바늘의 위치는 틀어져 있어도 바늘이 한 바퀴 도는 시간은 그리 다르지 않을 것이다) 도이치는 버터를 듬뿍 바른 빵을 토스터에 넣고 빵이 다 구워지는 동안 스크램블드에그를 만들어 세 사람의 접시에 담았다. 버터 향에 이끌려 딸이 잠에서 깨어나 나왔다. 그 타이밍에 커피도 여섯 잔쯤 커피포트로 내렸다—늘 부부가 한 잔씩, 노리카가 두 잔을 마신다. 남은 건 텀블러에 넣어서 도이치가 연구실에 가져간다—. 종이 필터를 깔고 커피 가루를 넣고 뜨거운 물을 붓는 동작까지 기계적으로 완료했으니, '아참, 어젯밤 노리카가 가져온 티백을 처리해야 한다고 얘기했지' 하고 생각해 봤자 때는 이미 늦었다. 그러나 아내도 딸도 그 점을 지적하지 않고 태연히 커피를 마셨다.

토스트에는 각자 좋아하는 잼을 발랐다. 녹화해 둔 NHK 프로그램을 배경음악 삼아 식사하면서 가족은 이런저런 이야기를 나누었다. 어머니가 "노리카, 오늘 알바 가?" 하고 묻자 딸은 "응, 저녁밥은 필요 없어" 하고 대답했고, 그 말이 채 끝나기 전에 아내가 남편에게 "여보, 이거. 꼭 먹어"라며 복통에 효과가 있다는 약용 젤리를 건넸다. 고분고분 그것을 먹은 뒤 도이치는 "노리카, 졸업 논문은 어떻게 되어가고 있니?" 하고 물었지만 그건 아버지라기보다 대학교수의 질문 같았고, 딸도 딸이라기보다 그저 영문과 학생의 얼굴이 되었다. 노리카의 졸업 논문 주제는 '두 권의 책—유럽 문화에서의 성서와 백과사전'이었다. 세미나 연구 경과 발표 때 이미 분량이 영문으로 5만 단어에 달해 담당 교수 D를 질겁하게 만들었을 정도다.

"전반부에서 가장 어려웠던 '성서의 세속적 패러디로서의 셰익스피어 전집' 부분을 일단 다 썼고, 지금은 낭만파 성서 이해에 관한 자료를 샅샅이 훑고 있어. 최종적으로는 제임스 조이스까지 다룰 생각인데 시간이 모자랄지도 몰라."

딸은 현재 상황과 과제를 간결하게 말했다.

"거참 패나 거창하게 벌여놨네. 역시 D 선생이 말한 대로 주제를 압축하는 편이 낫지 않을까?"

"무슨 말씀이세요. 아빠 교육의 성과인데요. 아니면 그 말로거나."

딸은 그렇게 말하며 웃었다. 이 말에는 도이치도 대꾸하지 못했다. 찔리는 부분이 한두 군데가 아니었기 때문이다. 한동안의 침묵을 TV에서 흘러나오는 소리가 메꿔주었다. 일본 서브컬처의 역사에 관한 프로그램이었다. 마침 1990년대 후반을 다루고 있어서 도이치의 『괴테의 꿈』도 표지가 잠깐 나왔다. 유명한 애니메이션 시리즈와 연관 지어 "신비로운 일체감을 주장하는 잼적 세계관"이라는 식으로 해설했다. '그런 뜻으로 한 이야기가 아닌데'라는 생각도 들었지만, 그 말을 입 밖으로 꺼내면 자신도 괴테에게 같은 소리를 들을지도 모르니 꾹 참았다.

노리카는 그 프로그램의 해설을 들으며 책상 위의 펜을 집어 이따금 제 손등에 무언가를 적었다. 어릴 적부터 노리카가 써 온 기억법인데, 『파우스트』에서 학생이 말한 "Denn, was man schwarz auf weiß besitzt / kann man getrost nach Hause tragen무엇이든 흰 종이에 검은 글씨로 적어두면 / 마음 놓고 집으로 가져갈 수 있답니다"라는 구절이 연상되어 그 행동 자체는 나름대로 흐뭇했다. 하지만 종이라면 몰라도 딸의 곱고 부드러운 피부를 검고 딱딱한 펜촉이 눌러 자국을 남기는 모습은 역시나 애처로웠기 때문에 도이치로서는 되도록 하지 말았으면 했다.

"아, 맞다." 잠시 후 손등에 전리품을 잔뜩 얹고 만족스러운 표정으로 노리카가 말했다. "아빠, 어제 괴테의 말 출처가 어디인지 알아?"

"응? 아아, 그거, 찾아보려고."

"알게 되면 말해줘요."

그때 마침 방송이 끝나서 화면은 녹화된 프로그램 일람표로 바뀌었다. 노리카는 자기 방으로 뛰어갔다. 아키코는 그릇을 포개어 들고 부엌으로 향했다. TV 화면 속에 나열된 프로그램 제목처럼 남겨진 도이치도 곧 서재로 들어갔다. 와이셔츠로 갈아입고, 주황색과 보라색 줄무늬 넥타이를 고르고, 예의 꼬리표를 마치 부적처럼 손전화기 케이스에 끼운 뒤 집을 나섰다.

연구실에 들어서자 도이치는 곧바로 컴퓨터 앞에 앉아 '괴테 사전Goethe-Wörterbuch' 사이트로 들어갔다. 144권에 달하는 방대한 바이마르판 전집을 바탕으로 괴테가 쓴 약 9만 3천 개의 단어 전체를 색인화하는 이 프로젝트는 1946년에 시작되었고, 현재는 'schleifen(연마하다)'까지 공개되었다. 'verwirren(confuse)'도 'vermischen(mix)'도 아직 올라와 있지 않아서 도이치는 일단 'Liebe(사랑)'를 검색해 봤지만 이는 성서를 펼쳐 '하나님'이라는 단어를 찾는 것이나 마찬가지였다. 결과물이 너무나 많아서 이걸로는 도무지 찾을 의욕이 생기지 않았다. 다음으로 'alle(모두)'도 넣어봤으나 이 또한 마찬가지였다. 도이치는 한참 동안 그 외에 생각나는 번역어를 넣어봤다. 그러다 정신을 차리고 보니 어느새 강의 시간이 다 되어 황급히 연구실을 뛰쳐나왔다.

학생들에게 이런저런 이야기를 하면서도 도이치의 눈앞에는 그 꼬리표가 어른거렸고, 강의가 끝나갈 무렵에는 '역시 종이책 전집을 모조리 뒤지는 수밖에 없어, 지금까지도 그렇게 해서 찾으려던 걸 수없이 발견해 왔으니까' 하고 각오를 다지기에 이르렀다. 매너리즘에 빠진 수업, 쓸데없는 회의, 학생과의 면담…… 일정을 한바탕 마치고 드디어 연구실로 돌아온 도이치는 먼저 자신이 번역에 참여한 스이요도출판의 괴테 전집부터 몇 권 꺼냈다. 지난밤 식사 자리에서 본인이 했던 추측에 자신은 별로 없었지만, 그런 직감이 최종적으로 연구의 중요한 지침이 되는 경험도 종종 했기에 일단은 『서동시집』(이 책은 전편을 도이치의 장인 마나부가 번역했다)에 실린 글로 추정하고 찾아보기 시작했다.

모든 독문학자가 『파우스트』를 읽은 것은 아니듯이 모든 괴테 연구자가 괴테 전집을 완독했을 리도 없다. 하지만 학창 시절 전집을 독파하라는 고바야시 히데오[1]의 조언을 충실히 따른—뒤집어 말하자면 전집을 읽고 싶다는 생각이 드는 작가가 아니면 무모하게 손을 대지 않았으며, 애초에 전집이 나오지 않은 작가는 논외로 여긴—도이치는 자신에게 가장 거대한 저술가인 괴테에 대해서도 당연히 같은 방식을 적용하여 학부생 때는 진분서원에서 나온 열두 권짜리 전집에 의지해 가

---

1 일본의 문예평론을 확립한 인물.

며 함부르크판을 탐독했다. 특히 진분서원판 전집 제12권에는 헤세, 발레리, 엘리엇 등 호화로운 필진 열 명의 괴테론이 수록되어 있어서 도이치는 이로부터 커다란 영향을 받았다. 예를 들면 "모든 것을 알고자 했고, 모든 것을 배우고자 했으며, 다른 사람이 우연히 가지고 있는 지식을 자신의 것으로 만들고자 한…… 가장 포괄적이며 가장 전면적인 딜레탕트…… 종합적인 아마추어"라는 토마스 만의 평가는 지금도 도이치가 괴테를 이해하는 데 거대한 암석권을 이루고 있으며, 열 명 가운데 아마도 가장 괴테와 거리가 멀었을 발레리(이 시인은 『파우스트』를 비롯한 괴테의 작품 몇 개를 프랑스어 번역으로 읽었을 뿐이다)의 「괴테를 기리며」에서는 각별한 감명을 받았다. 전문가라면 두려워서 도무지 하지 못했을 말도 아무렇지 않게 내뱉은, 비전문가이자 시인이라는 특권을 살린 대담한 필치. 몇 번이나 되풀이해 읽어서 군데군데 암송할 수 있을 정도였다. 이 글을 비틀어 『괴테 주석서』라는 괴테 해설집을 만든 적조차 있다—참고로 이 해설집은 도이치가 졸업한 뒤로도 모교 독문과의 족보로 후배들에게 대대로 계승되어 결국은 도이치 자신의 목을 조르는 결과를 낳았다. 도이치가 5년 간의 유학을 마치고 전임 강사로 수업을 맡아 시험 문제를 내었을 때 답안들의 수준이 상당히 높았는데, 처음에는 자신의 강의가 좋았던 덕분이라고 생각했지만 아무리 난도를 높여도 결과가 비슷했기에 수상하게 여겨 알아봤더니 학생들이 모두 『괴테 주석서』로 공부했다는 사실이 드러났던 것이다. 게다가 학생들은 다들 그 책의 저자가 도이치라는 것을 몰랐기 때문에 커닝이라고도 할 수 없어서 난처했다―. 물론 실제로 연구에 돌입해 편지, 일기, 자연 연구 논문 같은 것도 참조할 필요가 생기고부터는 뮌헨판, 프랑크푸르트판 등도 나중에 적당히 추가로 읽어나갔다.

그러나 전집에 대한 이런 신뢰도 괴테 연구의 본고장인 독일에 간 뒤로 맥없이 무너졌다. 첫 유학 시절 사사한 괴테 연구의 대가 비츠 교수는 "활자 따윈 2차 자료에 불과해"라며 괴테의 육필 원고와 괴테의 장서를 읽으라고 도이치에게 엄명했다. 도이치에게 이는 거의 코페르니쿠스적 전환이었다. 지금껏 자신이 읽어온 전집이란 얼마나 조잡한 물건이었던가. 하물며 그것의 번역판은······. 도이치는 그때부터 독일 전역의 도서관과 문서관, 자료관을 돌아다니며 하루 종일 복사기 앞에서 손을 바쁘게 놀리거나 필사하고, 또 그것을 가위, 풀, 실이라는 3종 신기神器로 제본하는 나날을 보냈다. 하지만 이런 작업은 끝이 없었고, 점점 도이치는 자기 나름의 괴테 전집 혹은 (에커만이 자신의 저작 『괴테와의 대화[2]』를 그렇게 불렀듯이) 'mein Goethe(나의 괴테)'를 생각하게 되었다. 그렇게 해서 일단 내린 결론이 스무 해 전 스이요도에서 나온 괴테 전집이었고, 개인적 연구의 결과물은 『괴테의 꿈』이었던 듯하다.

연구실 불이 꺼질 때까지 정신없이 활자를 살피는 동안 도이치의 가슴속에서는 이 전집을 만들던 시절의 추억이 끊임없이 되살아났다. 도이치는 스승 마나부의 추천도 있어서 젊은 나이에 그저 일개 번역자가 아니라 편찬위원 말석까지 차지하게 되었는데, 거기서 그는 그야말로 몇 사람 몫을 해내며 대활약을 펼쳤다. 번역에 사용할 텍스트와 저본 선정, 번역자 배정 등 신경 쓰이는 작업만 떠맡아 정신적으로나 육체적으로나 너덜너덜해졌지만, 여하튼 열정이 넘쳤고 아무리 일해도 체력이 받쳐주었다. 아직 출판 경험도 별로 없고 식견도 얕았기에 오히려 자기 안의 고집이 확고했다―일테면 표지를 주황색으로 맵시 있게 통일한 것, 각 권에 일련번호를 붙이지 않은 것 등

---

2   독일 작가 요한 페터 에커만이 10여 년 동안 1,000번가량 괴테와 만나며 나눈 대화를 정리하여 출간한 책.

형식상의 고집은 프로젝트 과정에서 줄곧 수동적이었던 도이치가 유일하게 완고히 양보하지 않았던 부분이다ㅡ. 그런 도이치의 고군분투에 처음에는 그를 곱지 않은 시선으로 바라봤던 선배 학자들도 서서히 태도를 바꾸었고, 결국 도이치에게 괴테 전집의 꽃이라고도 할 수 있는 『파우스트』를 양보하는 데 누구 하나 이의를 제기하지 않았다.

꼬리표의 문장은 찾지 못했지만 몇 번을 읽어도 운테이 마나부가 번역한 『서동시집』은 훌륭했고, 말을 찾는 과정에서 예기치 못한 발견도 많았다. 목표한 책을 구하러 헌책방을 떠돌거나 문서관 순례를 했던 청춘 시절의 감각이 플래시백처럼 떠오르는 순간도 숱하게 있었다. 지금은 책을 못 찾는 경우는 별로 없지만 문장을 못 찾는 경우는 여전히 있다. 언젠가 온 세상의 모든 텍스트가 전자 데이터로 바뀌면 그런 일도 없어질까? 도이치는 구글 북스[3]처럼 변한 알렉산드리아 도서관[4]을 상상했다. 하지만 그처럼 모든 것을 망라하고 공유하는(듯이 보이는) 공

---

3   전 세계 책의 내용을 검색, 열람할 수 있는 구글의 도서 검색 서비스.
4   기원전 3세기경 고대 이집트에 건설된 도서관으로 당시 세계 최대의 규모였다.

간이 완성된다 한들 사람들이 하는 일이란 결국 자기 나름의 전집을 펴내는 것에 불과하리라고, 도이치는 밤바람에 머리를 식히며 생각했다.

그다음 날부터도 도이치는 짬이 날 때마다 괴테 전집을 펼쳤다. 이 작업을 통해 예의 TV 프로그램용 원고에 추가해야 할 부분을 발견하기도 했으니 이는 어엿한 업무라며 스스로를 납득시킬 수도 있었다. 지금으로서 가장 비슷한 문장은 역시 『서동시집』에 나오는 "지금이야말로 모든 것이 좋다. 부디 이대로 있어 다오! / 나는 오늘 사랑이라는 안경을 통해 세계를 보고 있다"인 듯하다. 그러나 어감이나 문자 배열이 얼추 비슷하다 해도 여전히 만엽집과 백엽상 정도의 차이는 있었다.[5]

◆

2주가 채 안 되어 도이치는 스이요도판 괴테 전집을 다 읽

---

5   '만엽(萬葉, 만개의 잎)'과 '백엽(百葉, 백 개의 잎)'의 한자 뜻을 이용한 말장난. 참조로 『만엽집』은 일본에서 가장 오래된 가집이다.

었지만 그 말은 찾지 못했다. 등잔 밑이 어두울 수도 있다는 생각에 자신이 번역한 『파우스트』도 뒤져봤다. "전능한 사랑은 만물을 창조하고 모든 것을 길러낸다"(11872-11873)는 도이치의 해석에 따르면 그 말과 상통하는 사상이기는 했으나 완전히 같지는 않았다. 결국 가장 비슷한 것은 「파리아의 감사」라는 시 중 "만 권의 책에 나오는 / 그 어떤 진리나 알레고리도 / 사랑이 허리띠의 역할을 하지 않으면 / 결국 모두 바벨탑일 뿐이다"라는 구절(이는 예전에 도이치도 인용한 적이 있다)이었다. 이쯤에서 포기해도 좋았다. 하지만 손전화기를 집어 들 때마다 보이는 영어 문장이 '아니야, 나야, 날 찾아줘' 하고 아우성을 쳐댔다. 어쩌면 그것이 괴테의 말이 아닐 수도 있다는 생각은 이상하게도 들지 않았다. 명언 찾기는 여전히 흥미로웠고, '다음번엔 영문판 괴테 전집이라도 찾아볼까? 노리카의 영어 논문을 보기 전에 감을 되찾을 겸 말이야. 아니, 이번에야말로 본격적으로 뮌헨판과 프랑크푸르트판을 살펴보는 편이 빠를지도 몰라' 하며 마음이 들뜨기 시작했다.

대학 교수의 평소 잡생각은 대개 수업 중 잡담으로 승화된다. 이 경우가 바로 그래서 도이치는 자기도 모르게 강의실에서 이런 이야기를 했다(「서양 문학」 수업이었고 학생 수는 학기 말이면

늘 그렇듯이 학기 초에 비해 많이 줄어든 상태였지만 그래도 아직 쉰 명 정도는 남아 있었다).

"잠깐 쉬었다 갈까요? 그나저나 '괴테는 모든 것을 말했다'라는 말이 있는데, 들어본 사람 있으려나? 예를 들면 마음에 안 드는 녀석이 논쟁을 걸어왔을 때 '나는 당신의 의견에는 반대하지만 당신이 그것을 주장할 권리는 목숨을 걸고 지키겠소' 하며 폼을 잡고 싶다고 칩시다. 아니면 결혼식 연설을 부탁받았을 때 '결혼하면 후회할 수도 있지만, 결혼하지 않으면 반드시 후회합니다'라고 말해서 좌중을 웃기고 싶다고 칩시다. 참고로 전자는 볼테르의 유명한 말이죠. 후자는 내가 생각해 내서 처형 결혼식 때 했더니 나중에 아내한테 재수 없다며 호되게 혼난 말이고요(여기서 몇몇 학생이 웃는다. 정말 웃겨서라기보다는 교수가 가족 이야기를 꺼낼 때는 농담을 하고 싶은 것으로 판단해서 웃는 것이다). 왠지 소크라테스나 키르케고르, 파스칼이 했을 법한 말 같은데, 그러고 보니 다들 빠짐없이 결혼에 실패했군요(학생들이 또 웃는다. 교수가 대사상가의 이름을 들먹일 때는…… 이하동문). 이런 식으로 명언을 인용할 때, 출처가 불확실하거나 그 말을 생각해 낸 게 실은 본인인 경우에도 독일인은 일단 괴테에게 뒤집어씌웁니다. 왜냐하면 '괴테는 모든 것을 말했'으니까요."

여기서 도이치는 강의실에 있는 학생들의 얼굴을 둘러보았다. 이 가운데 몇 명이나 지금 말한 부분까지 따라왔을까? 대강 열다섯 명으로 어림짐작하고 좋아, 충분해, 하며 이야기를 이어나갔다.

"하지만 괴테는 정말 모든 것을 말했을까요? 어떨 것 같나요? 학문적으로 정식 절차를 밟자면 먼저 '모든 것'이란 무엇인지 정의부터 내려야겠지요. 모든 언어 체계 속 모든 문자와 기호의 조합, 인간이 할 수 있는 모든 발음의 조합, 그것을 '모든 것'이라고 한다면 당연히 괴테가 26억 초가 채 안 되는, 그러니까 고작 82년 동안의 인생으로는 도저히 '모든 것'을 망라할 수 없었겠지요. 한 단어를 1초 안에 쉬지 않고 말해도 독일어판 위키피디아조차 다 못 읽습니다. 그게 아니라도 좀 더 현실적인 가정을 한다면 제아무리 많은 책을 섭렵한 괴테 선생이라지만 아랍어나 중국어로 '내 엉덩이나 핥아라[6]'라고 말할 수 있었을 리 없고, 이처럼(그렇게 말하며 칠판에 'dhcmrlchtaj'라고 썼다) 이론상으로는 가능하지만 상식적으로 소화하기 힘든 발음을 일

---

6   괴테의 희곡 「무쇠 손 괴츠 폰 베를리힝겐」에서 인용한 말.

일이 시도해 봤을 리도 없죠. 하지만 카프카가 보다 현실적으로 말했듯이 '괴테는 우리 인간에 관한 거의 모든 것을 말했다'라는 뜻으로 '모든 것을 말했다'라고 한다면, 확실히 '괴테는 모든 것을 말했'을지도 모릅니다. 어쨌거나 괴테는 『파우스트』를 쓴 시인이자 「무쇠 손 괴츠 폰 베를리힝겐」을 쓴 극작가였으며, 또 『젊은 베르테르의 슬픔』을 쓴 소설가였으니까요. 다시 말해 그는 모든 문학적 영역을 섭렵한 최고의 문학자였을 뿐만 아니라 뉴턴에게 공공연히 반론을 펼친 자연 연구자이자 모차르트의 천재성을 간파해 낸 음악가, 나폴레옹이 먼저 악수를 청한 정치가이기도 했습니다(꼭 틀린 말은 아니지만 명백히 사기에 가까운 이 홍보 문구는 도이치가 다른 대학의 출장 강의나 여러 강연에서 괴테를 소개할 때 써먹는 단골 레퍼토리인데, 아직까지 농담인 것을 알아채고 웃어 준 사람은 없었다. 하지만 여기 학생들은 교수가 이 이야기를 할 때면……).
때로 괴테는 서로 모순되는 말도 했습니다. 아니, 오히려 그에게는 상반되는 두 가지 말을 함께 해두려고 유념하는 성향조차 있었습니다. 괴테는 그것이 무슬림의 철학적 관습이라고 했지만, 그러한 이슬람적 취향 혹은 동양적 취향은 대체로 괴테 자신의 서구성에 대한 대립 개념을 거기서 찾은 것뿐입니다. 괴테는 '무엇이든 말할 수 있다'라는 명제를 실험하고 있었습니다. 그 탓에 우리는 어떤 말이든 괴테가 한 듯한 느낌을 받습니다. 적어도 '괴테는 그런 말을 하지 않았어'라고 단언할 수는 없게 되었죠."

대체 무슨 이야기를 하려던 것인지 도이치 자신도 헷갈리기 시작해서 잡담은 그만두고 원래 강의로 돌아갔다. 본디 잡담이란 그런 것이다. 메모하는 학생도 없었던 듯하니 문제가 되지는 않을 터다.

수업이 끝나자 학생 몇 명이 말을 걸었는데 그중에는 가미야 쓰즈키도 있었다. 그는 1학년 때부터 도이치의 수업을 들었고 지금은 4학년이다. 대학원에 진학할 예정이라고 들었다. 특이한 이름으로 보나 리포트에서 풍기는 개성으로 보나(오컬티즘 전반에 관심이 있는 듯했고 참고 문헌 목록에는 항상 F. 예이츠, 슈타이너, 융 등의 저작을 올렸지만 논리가 명석하고 문체에도 호감이 갔다) 왠지 관심이 가는 학생이었다. 하지만 리포트 관련 이메일을 주고받은 적은 있어도 그가 직접 말을 건 것은 드문 일, 아니 처음 있는 일이었다.

"교수님." 쓰즈키는 긴장했는지 묘하게 떨리는 목소리로 말했다. "실은 졸업 논문 관련해서 여쭤보고 싶은 것이 있는데, 잠깐 시간 괜찮으실까요?"

"음, 자네 지도교수는 분명 시카리 선생이었지?" 하고 확인하자 쓰즈키가 답했다.

"네, 시카리 교수님께 보여드렸는데, 구두시험 전에 히로바 교수님께 한번 보여드리라고 하셔서요. 저도 교수님께서 꼭 봐주셨으면 했고요."

도이치는 시카리 노리후미를 떠올렸다. 그 녀석, 또 희한한 일을 떠안겼구나. 하지만 자신도 바로 얼마 전에 부탁을 하나 했던 터라 모른 척할 수 없었다. 쓰즈키는 원체 흥미로운 학생이니 떠맡아도 딱히 싫지는 않았다. 은퇴하는 교수나 세상을 떠난 작가의 서고 정리에 불려 가 난생처음 보는 자료와 책을 잔뜩 건네받아도 전혀 싫지 않은 것과 마찬가지다. 도이치는 손전화기의 캘린더 앱을 열고 "그렇군. 알겠어요. 논문 데이터랑 질문 리스트를 내 메일 주소로 보내주세요. 읽고 나서 이야기하지" 하며 목요일 오후 5시로 약속을 잡고 연구실로 돌아왔다.

그 뒤로는 또다시 회의가 있었다. 대학교 교원의 일 대부분은 회의와 행정 업무와 그 준비로 가득 차 있다. 연구와 교육을 위한 시간은 어디에 있나? 최근 몇 년 사이 상황은 더더욱 심각해졌다. 10년 전에도 같은 말을 했지만 그때는 지금에 비하면 아직 천국이나 다름없었다고, 다들 푸념을 늘어놓긴 해도 구체적인 대책은 전혀 내어놓지 못하고 있다. 하지만 '난 이제 곧 은퇴하니까'라고 생각하며 도이치 역시 그러한 논의에 좀처럼 마음을 쏟지 못하는 것이 스스로도 애석했다. 그렇지만 자신보다 젊고 미래가 창창한 사람들이 자기와 마찬가지로 태연하게 있는 모습을 보면 어이가 없었다.

집으로 가는 길에 연구실에 들러 컴퓨터를 켜자 쓰즈키가 보낸 메일이 와 있었다. 도이치는 그 자료를 출력해 『일곱 명의 괴테』 출간 기념으로 출판사에서 만들어 준 투명 파일에 넣고 귀갓길 전철에서 읽었지만 내용이 머릿속에 잘 들어오지 않았다. 집에 가자 딸의 신발이 없었다. 도이치는 저녁 메뉴로 생각해 둔 것이 있는지 아내에게 물었고, 아직이라기에 둘이서 집 근처 패밀리 레스토랑에 가기로 했다. 대화는 시종일관 노리카의 진로에 관한 것이었다. 딸은 올해 졸업 논문을 쓰기 시작하기는 했지만 제출하지 않고 유급하기로 했다. 취업 준비를 시작할 낌새는 보이지 않았다. 하지만 그런 이야기도 식당으로 걸어가 자리를 잡을 때까지의 안줏거리였을 뿐이다. 그 뒤로 두 사람은 묵묵히 햄버그스테이크를 먹었고, 이따금 도이치가 아키코도 아는 학계 지인 이야기를 꺼내는 정도였다.

집에 돌아와서도 노리카는 없었다. 아내는 제작 중인 테라리엄 쪽으로 달려갔다. "지금 그림 동화 시리즈를 만드는 중이야"라고 해서 잠깐 들여다봤더니 과연 수많은 인형이 그림 동화의 여러 가지 에피소드를 하나의 꽃 아래에서 연기하고 있었다. 도이치는 꽤나 감탄했지만 그것은 뭐랄까, 자신의 학문적 대사업의 방계로서 아내에게 소소한 오락거리가 있다는 것에 안심하며 하는 감탄이었다. 실제로 그는 아내가 평소처럼 자신이 좋아하는 유튜버가 나오는 영상을 TV로 틀자 얼른 자기 방으로 물러나 쓰즈키의 논문을 읽기 시작했다.

✦

목요일. 도이치가 근무하는 대학에서 일본종교예술학회 심포지엄이 열렸다. 도이치와는 별다른 관련이 없는 행사였지만 시카리가 기조 강연을 한다기에 참석했다.

대강당에 들어서자 이미 패널 토론이 시작되어 벌써 분위기가 달아올라 있었다. 패널은 세 명이었다. 시카리, 도이치도 한때 가깝게 지냈던 아르 브뤼트[7] 연구자 T, 도이치가 이름도 얼굴도 몰랐던 젊은 여성 K. M(말하는 것을 들어보니 전공은 바르부르크[8] 학파인 듯했다). 사회는 놀랍게도 D, 즉 노리카의 지도 교수였다. 무대 위에는 큼직하게 '시카리 노리후미 교수 『신화력』 출간 기념—브리콜라주[9], 스모가스보드[10], 믹스'라는 주제가 걸려 있었다. 으흠, 스모가스보드란 말이지. 이는 도이치도 잼적, 샐러드적 세계관 이론의 일환으로 참고한 적이 있는 개념이다. 거기에 '믹스'라니 이런 우연도 없다. 시카리에게 부탁했던 물건을 받는 김에 참석한 심포지엄이었지만 출연자들과 주제를 보니 오기를 잘했다 싶었다.

주위를 둘러보자 낯익은 얼굴인 D—사회자 D와는 다른 인물. 도이치와 마찬가지로 괴테 전문가이며 무엇에나 관심을 가지는 데 있어서는 도이치에게 지지 않아 어떤 학회의 심포지엄에서든 목격담을 듣는데 설마 여기서도 볼 줄이야—를 발견해 옆자리에 앉았다. 인사를 겸해 작은 목소리로 서로의 최근

---

7 체계적이고 전통적인 미술 교육을 받지 않은 사람들이 그린 그림. 주로 정신병원 환자들이나 죄수들이 무의식적이고 자발적으로 그린 그림을 말한다.
8 독일의 미술사학자이자 문화이론가.
9 손에 닿는 대로 아무것이나 사용하는 예술 기법.
10 스웨덴식 전통 뷔페 차림.

저서에 대한 칭찬을 주고받았다. 상대방은 어떨지 몰라도 도이치는 증정받은 책이라면 일단 예의상 펼쳐보기는 하는 성격이었다. "그나저나 여기까지 오실 줄이야"라고 도이치가 말하자 D는 "지인이 나온다고 해서요" 하며 웃었지만, 이 사람한테는 누구든 지인이나 마찬가지겠지 싶었다.

"역시 시카리 선생을 보러 오셨어요?" D가 물었다.

"뭐, 그렇죠." 도이치는 미소 지으며 시카리를 바라봤다. 이후 거의 한 시간 동안 D가 몇 번이나 귓속말했지만 도이치는 전부 건성으로 대답하며 무대 위 이야기에만 의식을 집중시켰다.

도이치와 시카리의 인연은 아직 도이치가 대학원생이고 시카리가 학부 4학년이었던 시절로 거슬러 올라간다. 도이치는 스승 마나부가 「블레이크와 괴테」라는 논문을 써온 녀석이 있으니 만나보라고 해서 신주쿠의 술집 '잡탕'에서 처음 그를 만났다. 만나자마자 시카리는 도이치의 『괴테 주석서』를 봤다고 고백했다. 이어서 두 사람은 당시 읽고 있던 책이 많이 겹친다는 이유로(특히 도이치로서는 로젠츠바이크[11] 이야기가 통하는 사람을

---

11 독일의 신학자이자 철학가, 번역가.

만난 것이 난생처음이었다) 곧장 의기투합했고, 그때 도이치는 "누가 그랬더라, 아마 엘리엇일 텐데 블레이크와 괴테의 초상화를 나란히 두고 보면 눈매가 닮았다고 썼지" 하고 알려주었다. 결국 애당초 무리한 부분이 있었는지 「블레이크와 괴테」는 잘 풀리지 않았고, 그 대신 시카리는 「만다라적 사고—블레이크와 엘리엇」을 제출해 우수 졸업 논문으로 뽑혔다. 그건 전적으로 도이치가 엘리엇을 권해준 덕분이라며, 다시 '잡탕'에서 한잔했을 때 시카리는 몇 번이나 고맙다고 말했다. 하지만 그건 좀 이상한 말이라고 도이치는 지금도 생각한다. 아마도 시카리는 도이치를 만난 시점에 이미 블레이크·엘리엇론으로 주제를 바꿨던 게 아닐까. 아니면 괴테와 블레이크라는 주제 자체가 처음부터 도이치를 꾀어내기 위한 미끼였지 않을까. 어째서 그럴 필요가 있었는지는 모르겠지만, 그게 아니라면 그런 밀도 높은 논문을 단기간에 다시 구성했다고는 아무래도 생각하기 어려웠다. 그만큼 졸업 논문은 완성도가 높았고, 훗날 시카리의 두 번째 저서 『너그러움은 너그러운가?』(지린카이)의 제15장 「어떤 절충주의자」, 제21장 「어떤 중도주의자」에 그 내용이 나뉘어 반영되었다.

　　도이치가 시카리를 단순한 친구 이상의 존재로 인정한 것은 시카리가 대학원에 진학한 후 연구 분야를 문학에서 표상문화로 산뜻하게 바꾸었고, 그의 박사 논문이 '상냥함은 상냥한가?'라는 무척이나 의미심장한 제목으로 출판되었다는 사실을 알았을 때다. 당시 독일에서 박사 논문을 쓰며 정신적으로 기진맥진해 있던 도이치는 모국에서 시카리의 활약상이 들려올 때마다 초조함에 휩싸여 처음에는 그의 저작을 차마 읽지 못했지만, 마침내 귀국해 '잡탕'에서 재회할 때가 되자 결국은 읽는 수밖에 없었다. 시카리의 책에서 짙게 묻어나는 학술서답지 않은 인간미는 도이치의 취향과 잘 맞았다. 책가도[12]를 모티프로 한 매력적인 표지도 마음에 들었다. 자신도 이런 책을 써보고 싶다고 생각하던 차에 시카리가 재회한 바로 그날 출판사와 약속을 잡아줘서 도이치는 박사 논문을 출간할 수 있었다. 그 책이 바로 『괴테의 꿈』이다. 그 이후 두 사람의 교류는 한결같이 좋았다. 동료가 된 뒤로도 시카리는 학내 정치에는 전혀 관심이 없어서 도이치 입장에서는 언제나 편하게 이야기할 수 있는

---

12   18세기부터 19세기까지 한국에서 유행한 정물화로 선반에 진열된 책과 각종 문방구 등을 그렸다.

상대이기도 했다.

『신화력』(신세이샤)은 올가을에 나온 시카리의 최신작이다. 잡지 《사상 수첩》에 연재 중인 「문화 지도」 시리즈를 제외하면 이것이 여섯 번째 단독 저서다(시카리는 방대한 지식량에 비해 글 쓰는 속도가 느렸다. 소재를 공들여 고르는 것은 그의 수많은 미덕 중 하나다). 이 책의 탄생에는 도이치도 적잖이, 아니 어쩌면 크게 관여했을지도 모른다. 이 책의 구상—'인류가 신화를 탄생시키는 힘과 그 현대적 의의에 관한 책으로, 이제까지 자신이 쌓아온 이론의 총결산이 될 한 권'이라고 말했던 것 같다—을 들었을 때 제목을 제안한 것이 도이치였기 때문이다. 물론 괴테의 『친화력』과 의도적으로 비슷하게 지은 제목이다. 벌써 그로부터 일고여덟 해가 지났다. 출간할 때는 해설도 써주었고, 이와 관련해서 두세 매체와 인터뷰를 하고 학내에서 대담도 했다. 그렇기에 책의 내용이라면 도이치는 이미 훤히 꿰고 있었고, 그래서 오늘은 올 필요가 없으리라 생각하기도 했다. 하지만 일단 외부자 입장에서 이 책 이야기를 듣고 있자니 다시 한번 읽어볼까 하는 마음도 슬슬 들었다. 자신의 저서에 관해 이야기하는 시카리는 역시 무대 위 다른 이들을 압도했다. 예나 지금이나 디즈니든 엑스포든 RPG 게임이든 아이돌이든 뭐든 간에 도

마 위에 올렸고, 그것들을 산뜻한 솜씨로 종교 현상으로 재가공해 청중을 언어유희의 원더랜드로 끌고 갔다. T와 D가 말을 더듬는 와중에 유일하게 젊은 K. M만 자기만의 속도로 거기에 따라가는 듯해서 그녀의 발언 차례가 오면 안심하고 들을 수 있었다.

행사가 끝나고 참가자들이 각자 분과 모임으로 흩어지는 가운데, 도이치는 옆자리 D를 배웅하고 나서(이 사람은 오늘 대체 몇 개의 분과 모임에 참석할까?) 사회를 맡았던 D에게 말을 걸었다. "딸 때문에 고생 많으십니다." D는 척 보기에도 송구스러운 표정으로 "아뇨, 아닙니다, 역시 선생님 따님이라서⋯⋯"라고만 하더니 말끝을 흐렸다. 대체 그 뒤에는 무슨 말이 생략되었을까. '교육의 성과'? '안타까운 결과물'? D는 분과 모임에서도 큰 역할을 맡은 모양인지 짐을 챙기자마자 허겁지겁 그 자리를 떠났다.

도이치는 시카리와 악수하며 고생했다고 말했다. 그러면서 T와는 미소를 주고받았다. T와는 그것만으로 충분했다. 시카리는 도이치에게 K. M을 소개했다. 들어보니 아직 학생(놀랍게도 노리카와 동갑!)이라고 했다. 시카리의 기대주여서 이번에 처음으로 학회에 참가했는데, 그 역할이 주제 강연의 패널이었다는 무릎이 후들거리는 이야기를 했다. K. M은 "설마 여기서 히로바 교수님을 뵐 줄이야, 영광입니다. 대학 입학 전에 『괴테의 꿈』을 읽고 감동받았거든요" 하고 조금 수줍어하며 말했다. 그 말을 들은 도이치는 K. M을 되도록 명확한 단어—'해박' '조숙' '재원' 등—로 칭찬했다. 자타 불문 학문에 몸담은 사람 모두를 엄하게 대하는 것이 신조인 도이치로서는 드문 일이었다. 하지만 역시 익숙하지 않아서인지 말이 영 겉도는 느낌도 들었다.

그런 다음 네 사람은 슬슬 뒷이야기를 나누기 시작했다. 학자의 세계에서 뒷이야기의 주제라 하면 사람과 돈이다. 연애담이 빠졌을 뿐 결국은 세상 사람들의 흔한 잡담과 다를 바 없다. 원래라면 학문에 관한 이야기가 대화 주제가 되어야겠지만, 그랬다가는 반드시 부딪치기 때문에 아마도 어쩔 수 없는 흐름이리라고 도이치는 분석했다(그래도 옛날에는 닥치는 대로 부딪쳐가며, 실제로 뼈를 깎는 고생을 통해 무언가를 얻는 세계였다. 반면 지금은 머리로 싸우는 데 몸은 필요 없다는 양 다들 영리한 말투와 손짓 몸짓을 구사하며 입으로만 신랄하게 날을 세운다). 하지만 도중에 T가 빠져 셋이 되자 화제는 갑자기 K. M의 연구로 바뀌었고, "신은 디테일에 있다"란 정말로 바르부르크가 한 말인가 하는 이야기에서 출처를 알 수 없는 괴테의 명언 이야기까지 대화가 흘러갔다.

"그나저나 명언이란 것도 참 문제야. 서점 명언집 코너에 가보면 대부분 출처가 안 적혀 있잖아? 오늘날 대학 교육의 존재에 의문이 제기되고 있지만, 그런 정체를 알 수 없는 말이 세상에서 기승을 부리는 걸 보면 그것만으로도 대학 교육은 가치가 있다 싶어."

도이치는 한숨을 내쉬며 말한 뒤 손전화기에 끼워둔 티백 꼬리표를 두 사람에게 보여주고 상황을 설명했다.

시카리는 '사랑은 모든 것을 혼동시키지 않고 혼연일체로 만든다'라는 도이치의 번역에 연신 칭찬을 퍼부었다.

"특히 혼연渾然이라는 표현이 좋은데. '혼渾'이라는 한자에는 '전부'라는 뜻도 있으니까, '전부 그러하게'라고도 바꿔 쓸 수 있지. 이건 내 좌우명 중 하나야. 물론 '전부 나다'라고 말하려는 건 아냐[13]. (이렇게 말한 뒤 히쭉 웃으며 K. M을 향해) 히로바 선생의 주장으로 말하자면 샐러드적 전일성쯤 되려나. '모든 것'보다는

---

13 '시카리'의 한자도 然이므로 '혼연(渾然)'은 '전부 시카리다'라고도 해석할 수 있다.

'만물'이라고 하는 쪽이 내 취향이긴 하지만."

그런 다음 시카리는, 설마 준비해 왔을 리 없는데도 아까 선보인 유창한 언변이 그대로 느껴지는 말투로 뛰어난 명언론을 거침없이 펼쳤다(하기야 이처럼 두루두루 예시를 인용하는 화법은 원래부터 시카리의 장기이긴 하다).

"명언에 대해서는 나도 몇 번쯤 진지하게 생각해 본 적이 있어. 예를 들면 '불합리하기 때문에 나는 믿는다'라는 테르툴리아누스의 명언이 있지. '한 번 들으면 잊을 수 없는 명언인데'라면서 말해주면 진짜 그렇게 느껴서 안 까먹는 학생이 많거든. 근거는 내 수업이야. 그런데 사실 테르툴리아누스는 그런 말을 한 적이 없어. 실제로는 '신의 아들은 죽었다. 이건 반드시 믿어야만 한다. 왜냐하면 무의미한 일이기 때문이다. 그리고 그는 무덤에 묻혔다가 부활했다. 이는 확실한 사실이다. 왜냐하면 불가능한 일이기 때문이다'라고 말했는데, 이래서야 제아무리 좋은 말이라도 너무 기니까 외우기 쉽게 줄여서 '불합리하기 때문에 나는 믿는다'로 널리 퍼진 거야. 지금은 이 말 없이는 아무도 테르툴리아누스를 모를 정도로 그의 대명사가 되었지. 이런 요약형 명언은 생각보다 많아. 요약형 명언에서는 대체로 원래 말의 복잡한 의미가 단순하게 변하고, 걸핏하면 뜻이 거꾸로 뒤집히지. 프로스트의 'Two roads diverged in a wood, and I— / I took the one less traveled by, / and that has made all the difference[14]'도 마찬가지야. 이 시는 전문을 읽지 않으면 진짜 의미를 알 수 없지."

도이치는 프로스트 시의 진짜 의미가 뭔지 몰랐지만 K. M이 고개를 끄덕이기에 그냥 넘어갔다.

"여하튼 명언이라고 한마디로 말하긴 해도 종류가 여러 가지잖아. 다음은 그래, 전승형 명언이라고나 할까? 이 중 가장 알기 쉬운 예시는 '신은 무한한 구체다'야. 이건 파스칼도, 라블레도, 브루노도 했던 말이지만 역시 가장 먼저 한 사람은 쿠자누스겠지. 하지만 쿠자누스도 옛날부터 있었던 문구를 인용했을 뿐이래. 이거랑 매우 비슷한 예로는 뉴턴의 유명한 말 '거인의 어깨에 올라타서'가 있는데—확실히 명언이란 말이야. 자기지시적이기조차 해—이건 베르나르두스가 처음 한 말이라고 하고 콜리지도 어딘가에서 썼다는군. 정말이지 닳고 닳을 정도

---

[14] "숲속에 두 갈래로 길이 나 있었지, 그리고 나는- / 나는 사람들이 적게 간 길을 택했고, / 그로 인해 모든 것이 달라졌네"라는 뜻으로 로버트 프로스트의 시 「가지 않은 길」의 마지막 연.

로 쓰여서 원전이 뭔지도 알 수 없어. 뭐, 데카르트의 '나는 생각한다, 고로 존재한다'도 쿠자누스의 '신이 굽어보므로 나는 존재한다'를 뒤집어서 한 말일 뿐이니까 의외로 이 유형에 해당할지도 몰라. 마지막으로는 위작형이 있지. '내일 지구가 멸망하더라도 나는 한 그루의 사과나무를 심겠다', 이건 루터가 한 말이 아니라고 주장하는 책을 읽은 적이 있어. 마리 앙투아네트가 말했다는 '빵이 없으면 과자를 먹으면 되지'도 마찬가지야. 아무래도 루소의 『고백록』에 나온 일화가 미움받던 왕비와 연결된 듯해. 볼테르의 '나는 당신의 의견에는 반대하지만 당신이 그것을 주장할 권리는 목숨을 걸고 지키겠소'라는 말도 전기 작가가 지어낸 거고(이 명언을 종종 인용해 온 도이치는 '뭣? 진짜?' 하며 내심 놀랐지만 내색은 하지 않았다). 솔직히 이 유형이 가장 많지 않을까? 성서가 그 대표적인 사례잖아. 구약은 거의 모세나 솔로몬왕이, 신약은 예수나 바울이 한 말이라고 되어 있지. 사람들은 저자 수가 적어야 안심하거든. 게다가 누구나 아는 위인이나 일화에 말을 덧붙이고 싶어 하기도 해. 언제였더라, 우리 동네 절 문 앞에 '사랑의 반대말은 무관심이다. ―마더 테레사'라고 써 붙여놓은 걸 보고 어찌나 웃었던지. 절 냄새를 없애려는 속셈이었겠지. 어쩌면 진지하게 종교 다원론에 바탕을

둔 것일 수도 있고. 그 말은 사실 엘리 위젤이라는 작가가 했어. 하지만 마더 테레사가 한 말이라고 치는 편이 좋잖아. 그리고 또 니버의 기도문[15]이라든가, 프란치스코의 평화의 기도[16]라든가…… 어이쿠, 미안. 말이 길어졌네."

"아냐, 괜찮아." 도이치는 각각의 사례를 메모하지는 않았지만 시카리가 방금 말한 명언의 세 가지 유형(요약형, 전승형, 위작형)은 머리에 새겨두었다. 곧바로 기억할 수 있는 이론은 대개 현실의 복잡성으로 인해 오류를 품고 있기는 해도 일단 이론으로서는 뛰어난 경우가 많다. "단순한 것은 항상 허위다. 단순하지 않은 것은 쓸모가 없다"라는 발레리의 말을 굳이 꺼낼 필요도 없다. 도이치의 잼적, 샐러드적 세계관 역시 마찬가지다.

"'괴테는 모든 것을 말했다'라는 말도 어쩌면 위작형 명언

---

15   미국의 신학자 라인홀드 니버가 쓴 것으로 알려진 기도문. "주여, 바꿀 수 없는 것을 받아들이는 평온함과 바꿀 수 있는 것을 바꾸는 용기, 그리고 그 둘의 차이를 구별하는 지혜를 주소서."
16   성 프란치스코가 올린 것으로 알려진 기도문. "주님, 저를 당신의 평화의 도구로 써 주소서. 미움이 있는 곳에 사랑을, 다툼이 있는 곳에 용서를, 의혹이 있는 곳에 신앙을, 절망이 있는 곳에 희망을, 어둠이 있는 곳에 빛을, 슬픔이 있는 곳에 기쁨을 가져오는 자 되게 하소서."

의 극치일 수도 있겠군."

시카리는 기쁜 표정으로 고개를 끄덕이며 말했다.

"그래, 맞아. 방금 말한 성서 이야기로 돌아가면, 전도서에서는 '전도자는 많은 잠언을 찾아내서, 연구하고 정리하였다. 지혜로운 사람의 말은 찌르는 채찍 같고, 수집된 잠언은 잘 박힌 못과 같다. 이 모든 것은 모두 한 목자가 준 것이다[17]'라고 했지. 말하자면 '한 목자'가 유대교에서는 모세, 기독교에서는 예수였고 근대 독일에서는 히로바 선생의 괴테 두목님인지도 몰라."

교회에는 발길이 뜸해진 지 오래지만, 일단 서양 문학을 연구하는 사람으로서 성서를 접할 일이 잦은 도이치는 곧바로 그다음 문장까지 떠올릴 수 있었다. "책은 아무리 읽어도 끝이 없고, 공부만 하는 것은 몸을 피곤하게 한다. 모든 것에 귀를 기울여 얻은 결론은……[18]", 이다음은 뭐였지? 그나저나 전도서를 예로 들 줄이야. 괴테도 전도서를 좋아해서 거기 나오는

---

17 전도서 12:9, 12:11. 전도서를 비롯한 성서의 한국어 번역은 대체로 대한성서공회의 표준새번역을 따랐으며, 문맥에 따라 필요하다고 판단될 경우에 한해 원서의 일본어 번역을 우리말로 옮겼다.
18 전도서 12:12-13.

구절을 제목으로 삼은 시까지 썼다.

"나폴레옹의 '내 사전에 불가능은 없다'는 어느 유형일까요?" 이 대목에서 지금까지 잠자코 듣고 있던 K. M이 입을 열었다. 아까 단상에서 그랬던 것처럼 내적 필연성이 있는 말만 골라서 하는 느낌이 들어 호감이 갔다. 하지만 동시에 그렇게 말을 가려서 하면 학자로서는 고생할 거라는 생각도 들었다. 설마하니 그런 조언을 실제로 해줄 수는 없었지만.

그 말에는 시카리도 멈칫하며 난감해하더니 "음, 전승형은 아닐 테고. 아마 요약형? 흠, 뭐든 예외는 있으니까" 하고 말했다.

"하지만 대표적인 명언이 예외라면 설득력이 떨어지잖아" 하며 도이치가 웃었다. K. M은 자신의 순수한 의문이 시카리가 말한 이론의 황금비를 허무하게 무너뜨린 것에 놀라 변명하려 했지만, 시카리는 그것을 제지하며 "아냐, 맞는 말이지. 다시 생각해 볼게"라고 말했다. 끊임없는 자기비판. 전문 분야에 대한 아는 척과 그 외의 분야에 대한 모르는 척이 매너로 여겨지는 학문의 세계에서는 이 또한 시카리가 지닌 수많은 미덕 중 하나였다.

이때 도이치는 쓰즈키와의 약속을 떠올렸고, 세 사람은 서둘러 대강당을 빠져나왔다. 시카리가 도이치에게 전달할 물건을 연구실에 두고 왔다고 해서 두 사람은 K. M과 자연스럽게 헤어진 뒤 시카리의 연구실까지 걸어갔다. 은행나무 가로수 길에서도 명언론은 계속 이어졌지만(특히 명언의 교육적, 교양적 효과에 대해) 이야기는 자연히 소단원의 결론부로 향했다.

　"그나저나 명언이란 역시 사람들의 기억에 남아야 의미가 있는데, 일단 말한 사람이 정확히 전해지지도 않고 명언 자체가 온전히 전달되는 일도 드물어. '인간은 생각하는 갈대'라고 말한 사람이 파스칼이라는 건 당연히 누구나 알겠지만, 요전에 설문 조사를 했더니 일부 학생들이 '생각하는 갈빗대'—놀라지 마. 우리 몸속에 있는 그거 말이야!—로 착각하고 있더래. 그러니까 언젠가는 갈빗대로 바뀔지도 모르지. 즉 명언은 분명 유명한 위인의 유명한 말이지만, 실제로는 익명성과 무개성이 조건이 되는 셈이야. 혹은 맥락에서 떨어져 나왔기 때문에 오히려 온갖 맥락에 적용할 수 있는 활용도 만점의 말이거나. 근데 난 그래도 된다고 봐. 착각이야말로 평범한 말을 명언으로 만들어 준다고나 할까. 요즘 시대에 소설의 한 구절이나 하이쿠 시구, 정치가의 연설, 유행어 같은 게 명언이 되려면 사람들의 '신화력'이 회복되어야 해!"

"이야, 역시 정리를 잘하네."

"경청해 주셔서 감사합니다."

시종일관 몸을 곧추세우고 있어야 해서 어깨가 결리는 아카데미즘의 틀에 얽매이지 않는, 실로 자유롭고도 활기찬 잡담이었다. 마지막으로 시카리가 쓰즈키 건에 대해, 그로서는 드물게 정중히 감사 인사를 하며 "그 친구 좀 잘 부탁한다"라는 말까지 한 것은 왠지 좀 섬뜩했지만.

도이치는 시카리에게 받은 물건을 자기 연구실에 두러 갔다. 그때 도이치의 연구실이 있는 층에 유일하게 놓인 벤치에 쓰즈키가 앉아 있는 것이 보였다. 약속 시간까지는 아직 한 시간 반이나 남아 있었다.

"꽤 일찍 왔네" 하고 말을 걸자 쓰즈키는 읽고 있던 문고본(커버를 씌워놓아서 무슨 책인지 알 수 없었다)을 덮어 주머니에 넣은 뒤 일어섰다. 오는 사람을 마다하지 못하는 도이치는 그대로 쓰즈키를 연구실로 데려가서 그의 논문 「헤세의 헤르메스주의」에 대해 한 시간가량 코멘트를 해주었다.

전반적으로 흥미로웠지만 이야기가 재미있어지는 부분마다 발상의 비약이 두드러진다. 이래서야 비약했으니 재미있는 거라고 트집 잡혀도 어쩔 수 없다(도이치는 이렇게 말하면서도, 그럼 방금 전 시카리와의 토론은 무엇이었나 생각하기도 했다). 특히 자신이 전문가인 만큼 괴테에 관한 부분이 엉성하게 느껴진다. 영화 〈영원한 유대인〉과 『파우스트』의 관계에 대해서는 재고가 필요할 듯하다. 그렇게 코멘트한 뒤, 논문의 핵심인 『유리알 유희』에 관한 부분은 착안점을 칭찬해 주며 운테이 마나부의 『헤세의 놀이하는 인간(호모 루덴스)』을 읽어보라고 추천했다. "이미 읽었을 수도 있지만" 하며 책장에서 그 책을 꺼내오자 쓰즈키는 고개를 가로저었다. 한 시간 남짓 이어진 대화에서 쓰즈키가 명확하게 고개를 가로저은 것은 그때가 유일했다. 그 외에는 내내 고개를 끄덕이기만 했고, 도이치가 내준 얼그레이(노리카의 그 티백을 몇 개 가져왔다)에도 손을 대지 않았다. 논문 문체에서 받은 인상과는 상당히 다르다. 이 아이는 어쩌면 뭔가 숨기고 있는 게 아닐까. 도이치는 그런 의심이 들었다.

"모처럼 왔으니 식사라도 같이 할까?"

도이치가 슬쩍 떠보려는 생각으로 권했더니 쓰즈키는 의외로 "그래도 될까요?" 하며 기뻐했다. 그래서 두 사람은 지하

철을 타고 '잡탕'으로 향했다.

'잡탕'은 옛날에는 작가 M이나 영화감독 K 같은 사람들이 드나들었다는 오래된 술집인데 도이치는 학창 시절부터 이 가게를 자주 찾았다(비평가 K를 여러 차례 봤고, 말을 건 적도 있다). 통나무로 지은 3층 건물로 천장에는 비행선 모형이며 나무 자전거 같은 것이 매달려 있고 손님 모두 떠들썩하게 어울리는 분위기가 여전해서 도이치는 어린 시절 영화나 만화에서 본 해적선의 풍경이 떠올랐다. 도이치와 쓰즈키는 2층과 3층 사이 층계참에 마련된 2인석으로 안내받았다. 두 사람은 먼저 이곳의 오리지널 메뉴인 '잡탕 칵테일'을 두 잔 주문했다. 그 이름대로 희뿌연 색깔에 뭐가 들었는지 짐작이 안 가는 맛이 나는 술이다. 어느 단골손님의 말에 따르면 바텐더가 가게 선반에 있던 술을 모조리 다 섞어서 탄생했다는데, 이 칵테일을 맛본 쓰즈키는 눈살을 찌푸렸다. 하지만 이것이 도이치에게는 청춘의 맛이었다. 맛있다거나 맛없다는 식의 판단은 이제 할 수 없었다. 도이치는 문득 예전에 딸이 낸 퀴즈가 떠올랐고, 그걸로 이 청년의 긴장을 풀어주자 싶었다.

"영어로 가장 긴 단어가 뭔지 알아?"

"아, 넵! 고대 그리스 희곡 「여인들의 민회」에 나오는 그거 말씀이죠?"

쓰즈키는 곧바로 대답했다. 그리고 놀랍게도 그 단어를 읊어 보였다.

"lopadotemakhoselakhogaleokrānioleipsanodrīmup otrimmatosilphiokārabomelitokatakekhumenokikhlepik ossuphophattoperisteralektruonoptokephalliokinklopel eiolagōiosiraiobaphētraganopterúgōn."

여기에는 도이치도 경악했다. 도이치는 잡학에 능한 학생이 있으면 이따금 이 질문을 해보고는 하는데, "온갖 식재료가 다 들어간 요리"처럼 단어의 뜻을 말하거나 "Lopadoptery gon"이라고 짧게 줄여서 퀴즈식으로 대답하는 사람은 있었지만 단어 전체를 외우는 사람은 이제껏 본 적이 없었다. "깜짝이야, 대단하네" 하고 자기도 모르게 감탄사가 터졌다.

"저어, 그게, 친구 때문에 억지로 외웠어요. 직접 암기송까지 만들어서요."

'그건 또 뭐 하는 친구람' 하며 도이치는 쓴웃음을 지었다. 그러고 나서 "이 칵테일을 마셨더니 '온갖 식재료가 다 들어간 요리'는 무슨 맛일지 궁금해지네" 하며 벌컥벌컥 술잔을 비운 뒤 직원을 불렀다.

"이거 한 잔 더, 그리고 포르치니 피자랑 숭어알 쇼트 파스타, 믹스 너트, 또……." 먹고 싶은 메뉴를 주문하라고 했더니 쓰즈키는 주저하면서도 감자샐러드를 골랐다. 햄, 당근, 오이에 특이하게도 고구마까지 들어 있는 감자샐러드였다. 도이치는 처음 먹어봤지만 금세 그 맛이 좋아져서 나중에 한 접시 더 주문했다.

"요전에 교수님께서 해주신 이야기, 재미있었습니다."

파스타를 돌돌 만 포크를 내려두고 쓰즈키가 처음으로 먼저 말을 꺼냈다. 아직 쓰즈키 앞에 놓인 잡탕 칵테일이 잔에 절반가량 남아 있어서, 도이치가 멋대로 주문해서 미안하다고 생각하던 참에 느닷없이 한 말이었다. 허를 찔린 도이치는 자기도 모르게 "으응?" 하고 되물었다.

"'괴테는 모든 것을 말했다'라는 이야기요."

"아아, 그거." 당연히 기억하고 있었다.

"전……." 쓰즈키는 그렇게 운을 뗀 뒤 테이블 아래에서 손발을 꼼지락거렸지만, 이내 결심한 듯이 입을 열었다. 눅눅한 공기 속에서 쓰즈키의 코멘소리는 유난히 가깝게 느껴졌다.

"전 괴테가 모든 것을 말했다고는 생각하지 않습니다. 한 인간이 모든 것을 말하기란 불가능하니까요. 그래도 괴테는 정말로 모든 것을 말하려고 했구나, 그런 생각은 듭니다. 그게 저에게 힘이 되었어요."

그렇게 말한 뒤 청년은 갑자기 어깨에서 짐을 내려놓은 것처럼 생긋 웃으며 파스타 접시를 비웠고, 남아 있던 칵테일을 꿀꺽꿀꺽 다 마셨다. 피자도 두 조각을 한꺼번에 입에 쑤셔 넣었다. 도이치는 그 기세에 웃음이 났지만, 어쩌면 이 아이는 이 한마디를 하기 위해 하루 종일, 아니 지난번 수업 때부터 쭉 긴장하고 있었던 게 아닐까 생각했다. 두 사람의 머리 위에서는 아까부터 어느 출판사의 편집자로 보이는 두 남자가 작가 험담에 열을 올리고 있었다. 그 안쪽에서는 젊은 남녀 그룹이 음담패설을 해댔다. 2층에서는 연인 몇 쌍이 저마다 다른 시간을 즐겼고, 바텐더는 술이란 술은 모조리 뒤섞고 있었다. 사방이 소음의 벽으로 둘러싸여 있는 것이 오히려 정신적 고요함을 끌어내 도이치는 마음속으로 쓰즈키의 말을 몇 번이나 곱씹었다.

"사르트르 같군. 완전성과 불가능성." 한동안 침묵한 뒤 도이치는 겨우 입을 열었다.

"네. 그래서 괴테가 『파우스트』를 완성하고 나서 세상을 떠난 게 대단하게 느껴져요."

"그렇지." 도이치는 잡탕 칵테일을 한 모금 마신 뒤 말을 이어갔다. "토마스 만은 거기서 괴테의 시민성이 드러난다고 했어. 그 작품의 주제가 지닌 내적 무한성을 일단 외적인 완성까지 끌고 갔다는 거지. 그런 점이 그 이후의 '절대의 책[19]' 같은 시도와는 뚜렷하게 구분되는 부분이고."

"네." 쓰즈키는 고개를 여러 번 작게 끄덕였다. "그런 뜻에서 제가 납득이 안 가는 건, 괴테가 단테에 대해 비교적 냉담했다는 점이에요. 두 사람은 무척 닮았는데도요."

"그런가?" 도이치는 순간 멈칫했다. 그 점에 대해서라면 아우어바흐나 쿠르티우스가 뭔가 썼을 테지만 곧바로 떠오르는 것은 없었다.

그 뒤로 쓰즈키는 봇물 터진 듯이 자신의 괴테론을 펼치기 시작했다. 잡탕 칵테일과 믹스 너트도 추가했다. 도이치 역시 조금도 거만하지 않은 자세로 이 젊은이의 다소 버릇없기까지

---

19 말라르메가 한 권의 책에 세계 전체를 포괄하려고 했던 실험적 시도를 말함. 이는 이후 많은 작가들에게 영감을 주었으나 대체로 미완성으로 끝났다.

한 격돌을 흔쾌히 받아들였다. 두 사람은 괴테가 모든 것을 말하려고 했을 때 필연적으로 가지게 된 '프로테우스[20]적'인 성질에 대해, 그에 따라 너무도 방대한 정보를 자신의 몸에 축적했기 때문에 체계성을 중시하지 않았던 점에 대해, 그래서 괴테의 글에는 단편적인 것이 많았던 점에 대해, 또 그것이 후세—니체, 벤야민, 비트겐슈타인 등등—에 끼친 영향에 대해 기탄없이 대화를 나누었다.

"사람은 하나하나 달라야 한다. 그러나 각자가 가장 뛰어난 사람을 닮는 편이 좋다. 요컨대 각자가 자신을 완성하면 된다'였던가요. 하지만 괴테는 결국 그 각자까지 전부 포괄해야만 자신을 완성할 수 있는 성격이었겠지요."

도이치는 쓰즈키가 하는 말 한 마디 한 마디를 흥미롭게 들었지만 쓰즈키가 인용한 괴테의 말은 들어본 기억이 없었다. "괴테는 모든 것을 말했지." 이야기 흐름에 맞는지는 모르겠지만, 어쩔 수 없이 일단 평소 가지고 있던 견해로 침묵을 메웠다.

---

20 고대 그리스 신화 속 바다의 신으로 자신의 모습을 자유자재로 바꾸는 능력을 지녔다.

"괴테는 개인의 한계를 꽤나 의식하고 있었어. 직업의 전문성도 강하게 주장했고. 예술은 제약 속에서 태어난다고도 말했지. 하지만 자네가 말한 대로 괴테는 무한함을 추구하는 자신의 본성을 바꿀 수도 없었어. 그러니 거기에는 스스로 경계하는 의미도 있었을 거야. '다양함과 복잡함에서 기쁨을 느끼는 사람은 언제나 혼란의 위험에 노출되어 있다'라는 말도 했는데, 그 자신이 바로 그랬겠지."

쓰즈키는 그것이 도이치의 저서(물론 『괴테의 꿈』)에 나온 이야기라는 것을 알아차리고 곧바로 "세계문학과 자신의 관계를 마법사의 제자에 비유한 것처럼요[21]" 하고 맞장구쳤다. 이것이 자신이 그다음에 하려던 말과 완전히 같았기 때문에 도이치는 순간 당황했지만, 그러고 보니 자기가 그 이야기를 이미 책에 썼다는 사실이 떠올랐다. 그런 뒤에 결국 자신은 자기가 쓴 책을 그대로 덧쓰고 있을 뿐인지도 모르겠다는 생각에 깊게 잠겼다.

---

21 괴테가 음악가 칼 프리드리히 첼터에게 보낸 편지(1828년 5월 21일)에는 다음과 같은 문장이 나온다. "내가 불러낸 세계문학이, 마법사의 제자에게 (물이) 밀려들듯이 나를 향해 밀려와 빠져 죽을 것만 같다." 한편 괴테의 시 「마법사의 제자」는 제자가 스승 몰래 빗자루에 주문을 걸어 물을 길어 오게 했다가 멈추는 방법을 몰라서 집이 물바다가 된다는 내용이다.

III

같은 주 토요일, 장인 운테이 마나부가 보낸 크리스마스카드가 히로바가※의 우편함에 도착했다. 도이치, 아키코, 노리카에게 각각 한 장씩 쓴 것이었다. 받는 사람에게 맞춰 전혀 다른 그림과 문구를 넣어 카드를 보내는 것이 마나부가 고집하는 방식이다. 친척뿐만 아니라 수많은 제자에게도 그렇게 보내기에 이만저만한 수고가 아니다. 도이치는 스승이자 장인어른인 마나부에게 벌써 40년 동안 크리스마스카드를 받아왔지만, 매번 일일이 감탄하며 앨범에 넣어 서재 책장 중에서도 자신의 저서가 있는 줄에 나란히 꽂아둔다. 도이치는 올해 받은 카드를 앨범에 끼워 넣으며 지금까지 모아온 카드들을 다시 보았다. 마나부는 결코 달필은 아니지만 언제나 흐트러짐 없이 반듯한 펜글씨로 카드를 썼고, 글자를 잘못 적는 경우도 전혀 없었다(이는 어쩌면 학자로서 몸에 밴 습관 때문인지도 모른다. 실제로 마나부의 육필 논문은 그대로 책으로 내도 될 정도로 읽기 편하다). 또 마나부는 문학 작품에서 인용한 구절을 반드시 어딘가에 덧붙여 놓는다. 예컨대 1990년에 받은 크리스마스카드에는 도이치의 스승 비츠 교수가 주장한 원전주의에 얽매여 있던 도이치가 막 다른 골목에서 헤매는 모습이 딱해 보였는지, "자네도 알다시피 난 루터의 신도인 동시에 에라스뮈스의 제자이기도 하니 당연히 원문은 중요하다고 생각하네. 하지만 그렇게까지 눈에 핏발을 세울 일은 아니야. 인류는 이제껏 성서를 전부 번역으로 읽어왔고 그리스 신화는 초역으로 읽어왔지 않은가. 소세키의 자기 본위[1]를 떠올려 보게"라고 적혀 있었다. 그런 말을 쓴 장본인이 같은 카드 마지막에 "Das Pergament, ist das der heilige Bronnen, / Woraus ein Trunk den Durst auf ewig

---

[1] 나쓰메 소세키가 도쿄대의 전신인 제1고등학교에서 했던 강연 〈자기 본위와 인생〉에서 제시한 개념으로, 외부의 권위나 집단의 가치에 휘둘리지 말고 자신의 가치와 기준에 따라 살아가는 것을 말함.

stillt?²" 하고 『파우스트』의 한 구절을 독일어 원문으로 인용한 것은 귀여운 실수였지만(이 역시 학자로서 몸에 밴 습관 중 하나일까). 또 2011년에 도이치의 교수 취임을 축하할 때도 그의 고향—도이치의 고향은 아이즈현인데, 센다이 출신인 마나부는 같은 도호쿠 지방이라는 동포 의식도 있어서 이 제자를 각별히 아꼈다—을 고려해 볼테르의 『캉디드 혹은 낙관주의』의 독일어 번역을 인용했다. 이처럼 예전의 마나부는 독일어뿐만 아니라 여러 가지 언어로 그해 도이치의 상황에 어울리는 인용구를 적으며 카드를 마무리했지만, 여덟 해 전 장모가 세상을 떠난 뒤로는 오직 성서 글귀만 인용했다. 이 시기 그는 성서 원전을 사경寫經³(이 표현은 싱크리티즘⁴이 좀 지나치지만 마나부 자신이 그렇게 말했으니 상관없으리라)하기 시작했다. 올해 도이치 앞으로 보낸 카드에는 마나부가 만들고 있는 분재 그림과 함께 "이 어두운 시대

---

2 『파우스트』 1부에서 파우스트 박사가 제자 바그너에게 하는 말. "그러면 고서들이 신성한 샘물과 같아서, 그걸 한 모금 마시면 갈증을 영원히 진정시켜 준단 말인가?" 한국어 번역은 『파우스트 1』(이인웅 옮김, 문학동네, 2009) 45쪽에서 인용.
3 불경을 베껴 쓰는 것.
4 철학이나 종교에서 여러 학파나 종파가 혼합된 것.

에는 자네가 들려주는 말이 더더욱 중요해지네. 그렇게 생각하지 않더라도 좋은 말을 계속 들려주게. Führte dich nicht, sondern rede und schweige nicht! Apostelgeschichte 18:9[5]—운테이 마나부"라고 되어 있었다.

운테이 마나부라는 이름을 보면 도이치는 지금도 옛날에 품었던 생생한 동경심이 되살아난다. 고등학교 3학년 때 학원 수업을 마치고 들른 헌책방에서 운테이 마나부의 저서 『모노즈쿠시物尽し[6]—「바보들의 배[7]」를 읽다』를 집어 들었는데, 그것이 그의 이름을 처음 본 순간이었다. 판권장에 '초판 인쇄 1960년'이라고 적혀 있어서 '나랑 동갑이구나' 하고 생각했던 것이 분명 구매로 이어진 가장 큰 이유였다. 원래 괴테를 좋아했기 때문에 그 연장선상에서 독일 문학을 닥치는 대로 읽기는 했지만, 신초샤에서 나온 야스퍼스의 『철학 입문』을 읽고 철학 쪽으로 흥미가 옮겨가던 시기였다. 대학에서는 철학 공부에 전념하

---

5   사도행전 18:9. "두려워하지 말며 침묵하지 말고 말하라."
6   특정 주제나 범주에 속하는 사물을 열거하는 것.
7   15세기 말 독일의 인문학자 제바스티안 브란트가 쓴 풍자적 내용의 책.

자, 그러면서 뒤로는 연인이라도 만들어 시를 쓰자 하고 어렴풋이 몽상했지만 그 책 한 권을 읽고 문학에 대한 신념이 확고해졌다. 이 사람한테 배우고 싶으니 재수를 시켜달라고 부모를 졸라 정말로 마나부가 있는 대학에 들어갔다. 실제로 본 운테이 마나부는 도이치가 상상했던 것보다 훨씬 젊었고(그도 그럴 것이, 마나부가 『모노즈쿠시』를 쓴 나이는 약관 스물다섯 살이었다), 그 지성은 물론이거니와 인품 또한 성인 같아서 당초 꿈꾼 것처럼 연인을 만들자는 생각조차 들지 않았다. 아니, 스승이 연인이었다.

요즘은 운테이 마나부를 단순히 중세 전문가로 보는 경향도 있는 듯하지만 마나부의 학문적 기반은 노발리스 연구다. 그 중요성은 아무리 강조해도 지나치지 않을 것이다. 원래 일본에서 노발리스는 선천적으로 병약했던 시인으로 연인 조피가 죽은 뒤 신비의 세계에 몰입해 스물여덟이라는 나이에 요절한 젊은 천재라는 로맨틱한 측면만 두드러지게 강조됐었다. 그런 시인의 이미지를 쇄신한 획기적인 논고가 바로 마나부의 첫 책 『성서와 백과사전―노발리스의 「일반 초고」 연구』다. 그는 거기서부터 중세로 비약했고 장 파울과 릴케, 헤세까지 틈틈이 다루었다. 그러고 보니 노리카의 졸업 논문 주제는 알고 그랬는지 모르고 그랬는지 스승의 책 제목과 흡사했다. 도이치는 문득 생각이 나서 거실에 있던 딸에게 말을 걸었다.

"노리카, 네 졸업 논문 말이야, 중간까지라도 괜찮으니까 이번 설에 할아버지께 보여드리렴."

노리카는 자기 앞으로 온 크리스마스카드를 보면서 "에이, 싫어" 하고 거절했다. 그래도 어머니가 "노리카, 그렇게 해. 할아버지가 좋아하실 거야"라고 베란다에서 말하자 잠깐 투덜거리기는 했지만 "알겠어. 아, 진짜. 일단 완성은 시켜야겠네" 하며 얼마 뒤 노트북과 씨름하기 시작했다. 도이치는 장인에게 줄 좋은 선물이 생겼다는 점에 만족했고, 예전에는 자신의 책이 나올 때마다 스승에게 들고 가는 게 무엇보다 큰 기쁨이었던 것을 그립게 떠올렸다.

그나저나 노리카가 책상 위에 두고 간 크리스마스카드를 보니 아기 예수를 그린 그림은 아주 작았고, 그 대신 최근 보고 들은 재미있는 이야기가 조그만 글씨로 빼곡하게 적혀 있었다. 그 운테이 마나부도 손주 앞에서는 꼭 부모님에게 이야기를 들려주고 싶어 하는 아이 같구나 싶어 도이치는 자신이 그들과는 아무런 관련이 없는 양 감회에 젖었다. 인용문은 이것이었다. "And aboue all these thinges put on loue, which is the bond of perfectnes. — Colossians 3:14" 인용된 영문은 도이치가 손전화기로 검색해 보니 제네바 성경[8]인 듯했다. 아마 노리카 취향에 맞춘 것이겠지. 번역하면 "이 모든 것 위에 사랑을 더하라. 사랑은 모든 것을 완전하게 묶는 띠다". 티백 꼬리표의 괴테 명언과도 좀 비슷했다.

✦

쓰즈키와 한잔한 그날 밤 이후 도이치의 명언 찾기는 암초에 부딪혔다. 분명 어딘가에는 있을 명언, 정확히는 금언이 마치 황금 양털[9]이나 성배[10]처럼 도이치를 더더욱 몰아세웠지만, 그것이 자기 안에서 신화화되고 있다는 점 또한 분명한 사실이

---

8 메리 1세의 공포 정치로 영국에서 스위스 제네바로 망명한 개신교도들이 영어로 번역한 성경.
9 그리스·로마 신화에 나오는 콜키스 왕국의 보물. 잠들지 않는 용이 지키고 있었으나 이아손이 이끄는 아르고호 원정대와 그를 사랑한 콜키스의 공주 메데이아가 합심하여 훔친다.
10 아서왕 전설에서 원탁의 기사들이 찾아 나선, 예수 그리스도의 피를 담았다고 전해지는 성스러운 잔.

었다(도이치는 문득 '자신과 괴테 사이 200년과 괴테와 고대 그리스 사이 수천 년 중 대체 어느 쪽이 더 아득한 것일까'라는 생각도 들었다). 도이치는 일단 마음을 진정시킨 뒤, 명언 찾기 대신이라고 하면 조금 이상하지만 쓰즈키의 말에 대해 또다시 생각해 봤다.

"전 괴테가 모든 것을 말했다고는 생각하지 않습니다. 한 인간이 모든 것을 말하기란 불가능하니까요. 그래도 괴테는 정말로 모든 것을 말하려고 했구나, 그런 생각은 듭니다."

그 청년은 그렇게 말했다. 하지만 생각하면 할수록 '괴테는 모든 것을 말했다'는 도이치에게 결코 아무래도 상관없는 말이 아니었다. 도이치는 마감이 2주 뒤로 다가온 〈잠 못 드는 밤을 위해〉 원고를 교정하며 이 사실을 절실히 깨달았다.

최종 교정 단계에서는 어휘 하나하나를 신경 쓰는 것이 아니라 원고를 휙휙 넘겨보며 리듬감이 살아 있는지만 점검한다. 전체적으로 죽 훑어보니 읽을거리로서는 그리 나쁘지 않은 듯했지만, 지나치게 욕심을 부려서 필요 이상으로 많은 것을 집어넣었다는 느낌도 지울 수 없었다.

"융은…… 『길가메시 서사시』, 『주역』, 『우파니샤드』, 『노자』, 헤라클레이토스의 단편…… 『요한

복음』,『바울 서신』,『마이스터 에크하르트 설교집』…… 하이네는 '지상의 성서'라고 했으며…… 보르헤스는 '괴테는 독일의 공적 종교'라고…… 쿤데라…… 헤르더…… 이야말로 바흐친이 말한 '다성성$_{polyphony}$'에 해당하며…… 루터와 악마의 일화를…… 디드로 같은 백과전서파의 영향…… 린네의 분류법…… 게스너의 학위 논문…… 실러는 이를 '경험이 아닌 이념$_{eine\ Idee}$'이라고……「단테... 브루노. 비코.. 조이스」…… 미슐레…… 바그너라 하면……."

이런 식으로 약 120쪽 분량의 소책자가 터져나갈 듯했고, 왠지 1980년대의 올스타 총출동 무대가 떠오르기도 했다. 이래서야 쓴 사람만 만족할 뿐 읽는 사람은 골치 아플 수도 있겠다는 불안이 뒤늦게 밀려들었다. 그와 동시에 결국 자신은 항상 괴테를 구실 삼아 모든 것을 다 말하고 싶었던 거라며,『괴테 주석서』와『괴테의 꿈』에서도 두드러졌던 서양 사상의 통사적 측면을 떠올리고는 발전 없는 본인의 모습에 머쓱해졌다. 실제로 도이치가 방송국 측의 요구로 어쩔 수 없이 붙인 원고 부제가 '괴테의『파우스트』—모든 것을 손에 넣으려고 했던 남자'라는 점이 더더욱 저주처럼 느껴졌다.

생각이 거기까지 이르렀을 때, 도이치는 문득 예전에 어느 신문에 기고했던 자신과 괴테의 만남에 대한 짧은 글을 어렴풋이 떠올렸다(제목은 분명 '괴테와 나'였던 것 같다).

> 책보다 음악을 좋아하는 아이였다. 음악만큼이나 애니메이션도 좋아했다. 글자보다는 색깔과 소리로 생각하는 아이였던 것이다. 그런 나에게 디즈니의 〈판타지아〉가 최고의 영화였다는 점은 두말할 필요도 없다.
>
> 학교 시청각 수업 때 나는 이 영화사에 남을 걸작을 처음 봤다. 내용은 한마디로 말해 클래식 대백과다. 총 여덟 개의 명곡을 애니메이션의 다양한 표현 방식으로 수놓은 최고급 주크박스 뮤지컬. 나는 그 세계에 매료되어 딱 한 번 봤는데도 꽤 많은 부분을 외웠다. 요즘 아이들은 이 작품을 퍼블릭 도메인 DVD로 아무 때고 손쉽게 볼 수 있으니 얼마나 행복한가. 당시에는 그럴 수 없었다. 나는 그 세계를 집에서든 학교에서든 어디서나 체험하고 싶었다. 그러던 중

아는 게 많은 한 친구가 이 영화의 원작이 있다고 알려줬다. 괴테라는 사람이 그 원작자라고 듣자마자 나는 서점으로 내달렸다. 그러자 거기에 있었던 것이 『파우스트―괴테』였다. 순진하기 짝이 없어서 뭐든지 곧이곧대로 믿는 소년이었던 나는 괴테라는 이름만 보고 〈판타지아〉와 『파우스트』가 같은 것이리라고 지레짐작해 그 책을 샀다. 전혀 넉넉하지 않았던 세뱃돈으로 잘도 큰 결심을 했다. 결국 이것이 나와 괴테의 만남이었다.

잘못 샀다는 사실을 곧바로 깨닫지는 못했다. 신과 악마가 나오고, 마법사 아저씨가 나왔다. 분명 이제부터 〈판타지아〉가 되겠지, 하고 기대하며 계속 읽었다. 그건 실제로 영 틀린 생각은 아니었다. 분명 〈판타지아〉 속 어느 한 장면의 원작자는 괴테다. 작품이 『파우스트』가 아니라 「마법사의 제자」라는 짧은 시이기는 하지만. 그러나 『파우스트』는 내가 원했던 모든 것을 보여줬다. 다시 말해 내가 〈판타지아〉에서 발견한 것은 이 세상 모든 것을 하나의 작품으로 다 말하려고 하는 예술가의 정신이며, 이는 『파우스트』의 초고를 언제나 가방 속에 넣어 다니며 온 세상의 모든 것(동물, 식물, 지질학, 기상학, 건축, 도시, 회화, 경제, 인류, 정치, 군사)을 파악하려고 했던 괴테의 야심과 같다.

이윽고 내 관심은 괴테 자체로 옮겨갔다. 이런 글을 쓴 사람은 대체 어떤 인물일까? 그래서 고등학교에 들어가 도서관에서 맨 먼저 읽은 것이 우선은 『시와 진실』, 그다음이 『괴테와의 대화』였다. 둘 다 이와나미문고판이다. 아무튼 재미있었다. 『시와 진실』을 읽을 때는 내가 괴테가 되었다고 상상했다. 엄격하고 근면한 아버지와 예술가 기질을 지닌 쾌활한 어머니 사이에서 태어나 근사한 집에서 자랐고, 무슨 일에나 태연자약하며, 아름다운 여자를 사랑하고, 총명한 친구와 철학을 논하고 시를 짓는다. 『괴테와의 대화』를 읽을 때는 내가 에커만이 되었다고 상상했다. 제왕이나 다름없는 노작가 괴테의 살롱에 매일같이 드나들며 그의 가르침을 경청하고 작품 발간을 돕는다. 무엇보다 집필 중인 『파우스트』에 대해 직접 질문하고 의견도 낸다. 그나저나 최근 만화가 미즈키

시게루[11]도 나와 같은 상상을 했다는 사실을 알게 되어 기뻤다. 나는 미즈키 시게루의 작품에서 온갖 요괴가 인간 세상을 떠도는 것이 괴테스럽다고 전부터 쭉 생각해 왔다. 데즈카 오사무[12]의 만화『파우스트』는 나에게 최고의 교과서지만 미즈키 선생도『파우스트』를 그려주었으면 했다. 여담이 길었는데, 이런 책들을 만난 이후로 나는 내 머릿속에 가득했던 색깔과 소리를 문자로 변환하는 작업을 무의식중에 해나갔다. 결국은 그게 문학이었다.

『괴테와의 대화』를 외울 지경에 이르렀고, 나에게도 괴테 같은 '선생님'이 있으면 좋겠다고 생각했다. 그 무렵 운테이 마나부라는 사람을 알게 되었다…….

실제로는 더 짧게 썼지만 대체로 이런 내용이었다. 요컨대 도이치에게는 괴테가 '모든 것을 말했다'는 게 이 대문호에 대

---

11 '요괴 만화'라는 장르를 개척한 일본의 만화가 겸 요괴 연구가.
12 『밀림의 왕자 레오』『철완 아톰』『붓다』 등을 그린 일본의 전설적 만화가이자 애니메이터.

한 사랑과 떼려야 뗄 수 없는 부분이었다. 그리고 그건 아마 도이치 내면에 원래부터 존재했던 모든 것을 파악하려는 욕망이 괴테라는 선구자를 통해 비로소 존재를 인정받고, 방법을 전수받고, 최종적으로는 괴테 자체가 그 도구의 역할을 수행하는 것이기도 했다. 하지만 도이치는 '모든 것을 말한' 괴테에게 기대어 자신의 모든 것을 쏟아부은 TV 방송용 원고에서 가장 중요한 것이 빠진 듯한 불안함을 느꼈다. 그리고 그 이유는 이제 불 보듯 명확해졌다.

Love does not confuse everything, but mixes. —Goethe

도이치는 또다시 손전화기 케이스에 끼워놓은 꼬리표를 바라보았다. '이 말을 못 찾으면 내 원고는 완성되지 않아.' 도이치는 머릿속에 꽉 들어찬 그 결론을 되도록 짧은 문장으로 정리하려 했다. 이유는 두 가지를 댈 수 있었다. 첫 번째로 이 명언은 도이치의 관점에서 '모든 것을 말한' 괴테가 '모든 것'에 대해 한 말이라는 점이 매력적이었다. 괴테는 '모든 것을 말했다'. 그리고 모든 것은 사랑에 의해 혼동되지 말고 혼연일체가 되어야 한다고 결론 내렸다(전도서에 나오는 "모든 것에 귀를 기울여 얻은 결론"!). 아니면 사랑을 '정신의 고리$_{\text{das geistige Band}}$'라는 의미로 쓸 때, 괴테 자신이 그 한 단어로 모든 것을 다 말할 수 있다는 뜻이었을까? 두 번째 이유는 더 단순한데, 만약 이 말을 괴테가 하지 않았다면 '괴테는 모든 것을 말했다'고는 할 수 없다. 그러므로 이 말은 도이치에게 '괴테는 모든 것을 말했다'는 증거이며, 이는 곧 도이치가 여태까지 해온 학문에 대한 전면적 긍정이기도 했다. 하지만 쓰즈키는 "괴테가 모든 것을 말했다고는 생각하지 않습니다"라고 했다. 왜냐하면 "한 인간이 모든 것을 말하기란 불가능하니까". 그렇다, 문제는 여기에 있다.

한 인간은 모든 것을 말할 수 없다. 이는 괴테 만년의 사상과도 일맥상통한다. 괴테는 본인이 천재였으니 한 천재가 '모든 것을 말할 수 있다'는 걸 믿고 싶었을 터다. 하지만 자기 혼자서는 아무리 애써도 모든 것을 말할 수 없다는 사실을 일찌감치 깨달았다. 그래서 '모든 것은 이미 말해졌다'로 태세를 바꾸었다. 일테면 셰익스피어에 의해. 또는 바로 아랫세대인 홈볼트에 의해. 전통이라는 거대한 나무에 자신을 접목함으로써 괴테는 자기도 모든 것을 말할 수 있다는 가능성을 믿었던 게 아닐까? 그리고 도이치는 괴테라는 인간에게 의지함으로써 비로소 '모든 것을 말한' 문학적 전통에 접속할 수 있다. 자기 혼자만으로 해결해 보려는 단계는 이미 지났는지도 모른다. 애초에 아르고호 원정대나 원탁의 기사들도 단체로 보물을 찾아 나섰다. 심지어 홈즈에게도 왓슨이 있었다.

다음 날은 크리스마스이브여서 아내와 딸은 아침부터 교회에 갔다. 도이치는 거실에서 바흐의 〈크리스마스 오라토리오〉를 들으며 컴퓨터 앞에 앉아 이런 이메일을 써봤다.

> 메리 크리스마스. ……실은 얼마 전 어딘가에서 괴테가 한 말이라는 "Love does not confuse every thing, but mixes"라는 글귀를 우연히 봤습니다. 신경이 쓰여서 제 나름대로 출처를 조사했지만 아직도 찾지 못했습니다. 이에 부끄러움을 무릅쓰고 여쭙습니다. 이 말에 대해 짚이는 데가 있으신지요? (괴테가 한 말이 아니어도 상관없습니다) 만약 없다면, 이것이 괴테의 말이라고 여겨지십니까? 부디 고견을 들려주시기를 부탁드립니다. 환갑이 넘은 연구자의 잠꼬대 같은 소리에 모쪼록 귀를 기울여 주십시오. ……

도이치는 자신이 쓴 문장을 몇 번이나 다시 읽은 뒤 소매를 걷어붙였다. 그리고 받는 사람 칸에 생각나는 모든 지인의 메일 주소를 입력했고, 본문 마지막 '……' 부분에는 각자에게 보내는 인사말을 적어 넣었다. 일본독일문학회 회원을 비롯해 학계 동료, 다른 대학에서 근무하는 선후배 등의 대학 관계자는 물론 괴테 기념관, 괴테 협회, 괴테 연구소에서 일하는 지인들의 얼굴까지 하나하나 떠올리면서. 물론 이는 마나부의 크리스마스카드를 의식해서 한 행동이다. 도중에 독일 유학 시절 친구들도 생각나 독일어로도 이메일을 썼다. 그중에는 예의 '괴테 사전' 관련 일을 하는 사람도 몇 명 있었다. 에라 모르겠다, 기왕 이렇게 된 거 독일 도서관과 문서관의 레퍼런스 서비스[13]까지 이용해 버리자. 여기서 도이치는 훌쩍 서재로 향했다. 그리고 요한의 이메일 주소를 찾아냈다. 아직 바뀌지 않았다고 믿으며 받는 사람 칸에 입력했다.

최종적으로 총 여든두 명(단체 포함)에게 이메일을 보냈다.

---

13 이용자가 필요한 자료나 정보를 찾을 수 있도록 도와주는 전문적인 지원 서비스.

여섯 시간쯤 걸렸지만 도이치는 몸도 마음도 상쾌해졌고, 뒤이어 장려한 바흐의 음악에 귀를 기울이면서 문득 노리카가 준 마루야 사이이치의 『수영담樹影譚[14]』을 집어 들어 펼쳐보기도 했다.

밤에 하는 촛불 예배에는 도이치도 참석하러 교회에 갔다. 도이치는 1년에 한 번 이날만 크리스천이 된다. 교회 사람들도 그를 반갑게 맞이했다. 캄캄한 예배당에는 근사한 크리스마스트리가 서 있었다. '과연 창시자가 발명한 것답군[15]' 하고 도이치는 교회 사람들(특히 아키코)이 들으면 반감을 일으킬 법한 생각을 속으로만 하며 자리에 앉았다. 이윽고 초에 불이 켜져 어둠 속에서 황금색으로 빛났다. 도이치는 눈을 감고 아키코의 오르간 연주와 노리카가 성가대에서 부르는 소프라노 솔로를 들었다. 설교단에는 25년 전 도이치와 아키코의 결혼식 때 주례를 봐준 목사—갈릴리 호숫가에서 1세겔짜리 동전을 문 생선 접시를 받은 사람—가 지금도 서 있었고 짧은 설교를 했다.

---

14 나무 그림자에 대한 기묘한 집착, 현실과 환상의 교차를 그린 단편 소설.
15 현대 크리스마스트리의 기원은 16세기 독일에서 마르틴 루터가 처음으로 전나무를 집으로 가져와 솜과 리본과 촛불로 장식한 것이다.

"……크리스마스에 시작되는 예수 이야기는 흔히 '성취한' 이야기라고들 합니다. 그전까지 사람들은 구약의 예언자들이 했던 여러 이야기를 말로 전하고 글로 기록해 돌려 읽었습니다. 복음서를 쓴 사람들은 거기에 적혀 있던 약속이 예수에 의해 차례차례 '성취되었다'라고 기록했지요. 하지만 어떤 신학자는 말했습니다. 그리스도가 나타난 이후의 세계사 역시 그리스도 이전과 마찬가지로 어두웠으며 현실적인 확신을 가지고 '멈추어라! 너 정말 아름답구나![16]'라고 말할 수 있는 순간은 없었다고요. 우리는 지금 이렇게 크리스마스의 즐거운 한때를 함께 누리고 있지만 이 땅에는 지금을 축복할 수 없는 사람들도 있다는 사실을 떠올립니다. '성취되었다' '모든 것이 이루어졌다!'라는 건 그로써 약속이 끝났으니 아무것도 할 필요가 없다는 뜻이 아닙니다. 오히려 그리스도에 의해 흩어져 있던 약속이 하나로 뭉쳐졌고, 우리는 더욱 확실하게 그 약속을 함께 기다릴 수 있게 되었다는 뜻이지요. '말씀이 육신이 되었다[17]'라고 적혀 있듯이 말입니다. 실제로 크리스마스 이야기의 등장인물들은 누구도 현실적인 안식 속에 있지 않았습니다. 오늘 아침 아이들의 성탄극[18]이 우리에게 모든 것을 가르쳐 주었습니다. 묵을 곳이 없는 만삭의 마리아와 요셉, 불침번을 서는 양치기,

다른 나라에서 온 박사들, 오늘은 그중에서도 마리아 이야기를 해봅시다."

목사의 설교를 들으며 도이치는 『서동시집』 속 괴테의 말을 떠올리지 않을 수 없었다. "옛날엔 성스러운 코란을 인용할 때면 / 장章과 구句를 함께 말했다. / 이리하여 신자들은 / 양심의 가책 없이 안심할 수 있었다. / 요즘 성직자의 방식은 딱히 나아진 게 없다. / 옛이야기를 늘어놓고 거기에 사견을 덧붙인다. / 혼란은 나날이 심해진다." 『파우스트』의 "목사는 연기자다"라는 구절도 생각났다. 하지만 사람들은 수없이 들어온 크리스마스 이야기에 여전히 고개를 끄덕이고 한숨을 쉬며, 개중에는 눈물을 흘리는 이조차 있다. 노리카는 성가대 자리에서 또다시 손등에 무언가를 메모했다. 2천 년도 넘게 인류는 같은 이야기를 반복해 왔다. 모든 것은 이미 말해졌다, 예수에 의해.

---

16 『파우스트』에서 인용한 구절. 악마 메피스토펠레스는 파우스트에게 모든 종류의 쾌락을 제공하는 대신 파우스트가 순간을 향하여 "멈추어라! 너 정말 아름답구나!"라고 말하면 그의 영혼을 빼앗아 가기로 계약한다.

17 요한복음 1:14.

18 예수의 탄생 이야기를 바탕으로 한 연극.

시카리처럼 그런 생각도 해보았다.

집으로 돌아온 뒤 가족끼리 샴페인을 땄다. 히로바 집안의 연례행사다(노리카는 성인이 되기 전까지는 논알코올 샴페인을 마셨다). 그 자리에서 아키코는 오늘 예배당 설교단에 자기가 장식한 꽃 이야기를 하다가 예의 유튜버 이야기를 꺼냈다.

"그분은 매일 아침 정원에서 꽃을 따 교회에 장식하러 가는데, 나도 교회에서 꽃 봉사를 한다고 전에 댓글을 달았더니 대댓글을 달아줬거든. 그 뒤로 연락을 주고받고 있어."

"댓글이라니, 그쪽은 독일인이잖아? 어떻게 달았어?" 도이치가 물었다.

"기계가 알아서 번역해 줘. 그분은 내 작품을 칭찬해 주기도 했고······."

거참, 그 나이에 자중 좀 하지. 도이치는 순간적으로 그렇게 생각했지만 노리카는 딱히 신경 쓰지 않는 모양이었다(애초에 이야기를 듣고 있었는지도 모르겠다). 도이치에게는 '샐러드 아저씨' 활동에 열정을 쏟았던 시절부터 인터넷상에 무언가를 쓰는 모든 활동을 생리적으로 꺼리는 면이 있었다. 그에게 그곳은 잼적 세계도 샐러드적 세계도 아닌, 말하자면 오물 쓰레기통처럼 여겨졌다(다소 완곡하게 표현하긴 했지만 실제로 이 말을 어느 토크쇼에서 했더니 도이치를 향해 악성 댓글이 쏟아져서 그 생각이 한층 굳어지기도 했다). 그래서 아내가 수동적으로 인터넷을 보는 것은 그나마 괜찮았지만, 그 안에 섞여 들어가 있다고 생각하면 온몸의 털이 곤두섰다. 그 생각을 떨쳐내려고 TV를 틀자 영화 〈멋진 인생〉이 나와서 자기도 모르게 빠져들었다.

그날 밤 노리카가 방으로 들어간 것을 확인한 뒤 도이치는 딸에게 줄 선물을 숨기러 갔다. 그는 벌써 스무 해도 넘게 산타클로스 위탁 업무를 맡아오고 있다. 7년 전에는 폴 매카트니의 베스트 앨범을 커튼 아래에 숨겨뒀다. 『버지니아 울프의 일기』 원서는 벌써 5년 전인가. 여기까지는 도이치도 간신히 따라갈 수 있었지만 재작년의 앨런 무어 작품집부터는 자신이 아는 범위를 넘어섰다. 이제는 그저 노리카가 원하는 것을 평소 대화에서 기억해 뒀다가 구해올 뿐이다. 올해는 노리카가 졸업 논문을 쓰는 데 필요하다고 말한 고다르의 〈영화사〉 DVD 박스 세트를 시카리를 통해 입수했다. 올해도 무사히 임무를 완수한 것에 만족하며 도이치는 이불 속으로 파고들었다. 현대의 형설螢雪인 LED 조명 아래 마루야마 사이이치의 문고본 책장을 넘기며 도이치는 '나에게 만약 산타클로스가 온다면 그 말에 대해 알려달라고 할 텐데'라고 생각했다.

그날 밤 좀처럼 잠들지 못한 도이치는 불현듯 결심하고 자신이 쓴 『괴테의 꿈』의 두꺼운 문고본을 잠옷 주머니에 넣은 뒤 그 모습 그대로 집을 나섰다. 수상한 노인으로 오해받으면 곤란하니 딸의 신발을 신고 가기로 했다. 245 사이즈 신발에 발이 꼭 맞았다. 그렇다는 건 지금 내가 발이 24.5센티였던 시절로 돌아간 거로구나, 하고 금세 깨달았다.

차가운 밤바람이 이루 말할 수 없이 상쾌했다. 크리스마스인데도 거리는 온통 캄캄했고, 평소라면 새벽까지 영업하는 카페와 패스트푸드점까지 셔터가 내려가 있었다. 편의점에 들어가서—가게에는 그리운 밴드 YMO옐로 매직 오케스트라의 곡이 흘러나오고 있었다— 커피를 사려고 했지만 직원이 없어 계산대에 동전만 두고 왔다.

가게에서 나와 커피를 마시며 발아래 돌바닥 틈을 따라 걷다 보니 곧 광장이 나와서 벤치에 걸터앉았다. 아까 들은 YMO의 멜로디가 머릿속에 맴돌아서 가사는 정확히 기억나지 않았지만 신경 쓰지 않고 흥얼거리며 자기 책을 펼쳤다. 너무나 재밌어서 한동안 정신없이 읽다가 '내가 이렇게 좋은 문장을 썼다니' 하고 안심하며 책을 덮었다. 그러자 분수 건너편으로 커다란 크림색 집이 보였다. 창문 안쪽에서는 실내등이 번쩍번쩍 빛났고 악기 연주 소리도 희미하게 흘러나왔다. 무슨 파티가 열린 모양이었다. 도이치는 전에도 몇 번쯤 그 집을 방문한 적이 있었을 테지만, 초대를 받지 않았는데 찾아가는 것은 내키지 않아 현관 앞에서 잠시 창문을 올려다보며 안쪽 상황을 주의 깊게 살폈다. 그때 갑자기 누군가가 팔을 붙잡았고, 다음 순간 도이치는 이미 집 안 계단을 올라가고 있었다.

양쪽 끝이 그리스·로마 시대의 조각 작품 모형으로 장식된 계단을 여자들이 끊임없이 오르내렸다. 그중에는 노인도 있고 젊은이도 있었는데 다들 하나같이 활기찬 미소를 띠고 도이치 소년을 바라봤다. 도이치는 갑자기 담대해져서 뽐내듯이 팔을 흔들며 계단을 올라갔다. 이윽고 온통 노란색 벽으로 둘러싸인 넓은 응접실로 들어서자 시선 끝에 식당이 보였고, 거기서는 수많은 손님이 저마다 놀이에 몰두하고 있었다. 그 자유로운 모습을 보고 도이치는 자신도 사양하지 않고 이 방에 들어오기를 잘했다며 안심했다. 응접실에 걸린 성서 그림과 거대한 신화 그림에 이끌려 왼쪽으로 꺾자 벽이 파란 방에서 남자 셋이 나왔고, 유난히 눈빛이 날카로운 남자가 그 뒤를 따라 나왔다. 그는 자기 책에 대해 열변을 토하고 있었다. 손님들은 방을 연신 드나들고 있었던 탓에 아무도 그의 이야기에 귀를 기울이지 않았지만, 남자는 자신의 이론으로 세상 모든 것을 해명할 수 있다며 흥분에 차 있었다. 도이치는 잠시 멈춰 서서 그의 이야기를 듣고 싶었지만 또다시 팔을 붙잡혔다.

식당에서 빠져나와 도자기를 장식한 방을 지났고(도중에 지나온 방에서 소녀가 피아노를 치고 있었다), 황제의 메달과 시인의 흉상, 압화, 과일, 광물 등의 수집품을 진열해 둔 정원과 복도도 지나 이윽고 현관 앞에서 발이 멈췄다.

"선생님, 데려왔습니다." 도이치의 손을 계속 잡아끌었던 남자가 말했다.

"아, 왔군." 방 안쪽에서 선생님이라고 불린 인물의 목소리가 들려왔다. "어서 오려무나."

'선생님'은 회색 오버코트 차림으로 서서 쓰는 책상 주위를 어슬렁거리고 있었다. 방 안에는 그 말고도 두세 사람이 더 있었는데, 누군가가 "선생님, 『파우스트』의 진척 상황은……" 하고 묻자 "오늘은 열 줄 썼네"라고 대답했다. 도이치가 방에 들어서자 그 사람은 커다란 눈으로 그를 봤다.

"함께 식사하지" 하고 '선생님'은 말했다. 도이치는 멋대로 집에 들어왔다고 혼나지 않아서 마음이 놓였다. 나선형 계단을 올라가 아까 본 파란 방으로 들어갔다. 그러자 선생님이라고 불린 인물의 옷 색깔이 푸르게 물들었다. 노란 방으로 나오자 이번에는 노란색으로 바뀌었다. 아까까지의 소란은 이미 가라앉았고 식당에는 몇 안 되는 사람만 남아 있을 뿐이었다. 눈빛이 날카로운 남자는 벌써 모습을 감추었다.

이 집의 남자 가정교사와 마을의 법무장관이 '선생님' 오른쪽에 나란히 앉았고 도이치와 도이치의 손을 잡아 끈 남자는 왼쪽에 앉았다. 음식 접시가 잇따라 차려졌다. 그 자리의 화제는 여러 갈래로 갈라졌지만 주로 종교에 관한 이야기가 많았던 듯하다. 성서 이전에 문명이 존재했는가. 예수보다 먼저 태어났거나 예수에 대해 알 길이 없었던 선량한 사람들은 어떻게 구원할 수 있는가. 하지만 '선생님'은 그런 질문들에 대해 "예컨대 무슬림은……"이라거나 "성서도 사람이 쓴 거야"라고 말하며 손님들의 긴장을 끌어올리다가도 적당한 때를 보아 농담으로 마무리해 그들을 안심시키고 웃음을 자아냈다. "만약 내가 성서를 연극 대본으로 다시 쓴다면" 하고 5막짜리 작품 구상안을 이야기해서 그 자리에 있던 모든 사람을 열광시키기도 했다.

'선생님'은 무릎 위에 손주들을 앉히고 함께 베르투흐의 그림책을 읽고 있었다. 도이치는 긴장이 풀려 이 방에서 나가 혼자 로돌프 퇴퍼의 만화라도 보고 싶었지만, 도이치의 손을 잡아끌었던 남자가 지금 책을 드리라고 재촉했다. 도이치는 자리에서 일어나 주머니 속에 있던 『괴테의 꿈』을 '선생님'에게 건넸다. '선생님'은 책장을 넘기며 손주들보다 키가 약간 더 큰 도이치에게 "이 사람은 어떤 인물인가?" "이건 무슨 뜻이지?" 하고 진지하게 물었다. 도이치는 "이 사람은 니체입니다" "벤야민입니다" "비트겐슈타인입니다" 하고 대답했다. '선생님'은 자신이 모르는 그 인물들의 사상에 대한 소년의 막힘없는 설명을 고개를 끄덕이거나 갸웃거리며 들었다. 마치 고대 동양의 시인에 대해 처음 듣는 것처럼 당혹감과 흥미로움이 뒤섞인 모습이었다. 도이치는 '선생님'의 반응을 세심히 살피며 그가 고개를 갸웃거릴 때마다 다른 단어로 고쳐 말했다. 되도록 '선생님'이 이해할 수 있는 방향으로 그들의 사상을 풀어서 이야기한 것이다. 대략적인 내용을 파악하자 '선생님'은 말했다.

"세상은 언제나 똑같군. 여러 가지 상태가 항상 반복되지. 어느 민족이건 다른 민족과 마찬가지로 살고, 사랑하고, 느끼고 있어. 모든 것은 이미 말해졌고, 우리는 기껏해야 그것을 다른 형식이나 표현으로 되풀이할 뿐이야." 이어서 '선생님'은 도이치에게 물었다. "그나저나 이 사람들은 어느 나라 출신인가? 낯선 이름이군."

그러자 '선생님'의 말을 손등에 메모하면서, 도이치의 손을 잡아끈 남자가 끼어들었다.

"그래서 전 학자들이 너무 이상하게 느껴집니다. 시가 생활에서 나오지 않고 책에서 만들어진다고 생각하는 듯해서요. 그들은 입버릇처럼 '이건 여기서 따왔다, 그건 거기서 따왔다!' 하고 말합니다. 일테면 셰익스피어의 글에서 고대 시인도 썼던 시구를 발견하면 셰익스피어는 고대 시인을 인용했다고 말하는 겁니다. 참으로 이상한 일 아닙니까!"

"동감이네" 하며 선생은 고개를 끄덕였다. "실생활에서 따오든 책에서 따오든 그런 건 아무 상관 없어. 제대로 사용했는지 아닌지, 그것만이 중요하지! 나의 메피스토펠레스도 셰익스피어의 노래를 부른다만, 왜 그게 안 된다는 건가? 셰익스피어의 노래가 그 장면에 딱 들어맞고, 말하고자 하는 바를 속 시원히 말해주는데 어째서 내가 고생해서 나의 글을 새로 써야 할까? 예술에는 전체적으로 혈통이라는 게 있어. 옛 독일 청년들은 대화 마디마디에 성서를 인용할 수 있도록 교육받았는데, 그건 결국 감정이나 사건이 영원히 되풀이된다는 것을 암시하고 명시하지. 우리의 사상을 표현하는 데 옛사람들이 엄선한 품위 있는 언어를 사용할 때, 그들이 우리의 마음 깊은 곳을 우리보다 더 정교하게 열어서 보여준다는 점을 인정하는 게야. 거장들은 항상 옛사람의 장점을 이용하는데, 그 점이 그들을 위대하게 만든다네."

도이치는 두 사람의 대화가 흘러가는 방식이 너무나도 흥미로웠다. 처음에 도이치의 손을 잡아끈 남자는 셰익스피어가 책이 아닌 실생활에서 글의 소재를 얻었다는 취지의 말을 했다. '선생님'도 일단은 그 의견에 동조했다. 하지만 화제는 이내 '선생님' 자신에게로 옮겨갔고, 손을 잡아끈 남자의 의견에 대한 반론으로 때로는 책에서 인용하기도 하고 또 때로는 반드시 인용해야 하는 경우도 있다고 차분하게 거듭 말했다. 그런 다음 토론은 예술의 모방·인용·전통성이라는 처음과는 정반대 지점에서 마무리되었다. 하지만 선생님이라고 불린 사람도 도이치의 손을 잡아끈 남자도 그리 신경 쓰지 않는 기색이었고, 서로가 납득한 듯이 웃고 있었다.

곧이어 남자들은 정원으로 나갔다. '선생님'은 도이치에게 거기 있던 모든 꽃의 이름을 가르쳐주었다. 저건 선옹초, 이건 월계수, 카네이션과 데이지, 나팔백합도 있고, 무화과에 천일

홍, 접시꽃, 율무, 강낭콩, 라일락, 목련, 수선화, 오크, 벚나무, 로즈메리, 갈란투스, 타임, 참깨꽃, 그리고 제비꽃……. 화제는 바이런 경과 디드로로 바뀌었고, '선생님'의 요청으로 도이치가 플로베르와 카프카 이야기를 한 뒤 다시 셰익스피어로 돌아왔다.

"셰익스피어가 노렸던 건 오직 하나야. 각각 장면에 꼭 맞는 효과적인 명문구를 자신의 등장인물이 말하게 하는 거지."
'선생님'이 말했다. 도이치에게는 이 말이 마치 '선생님' 자신을 셰익스피어에 빗대는 것처럼 들렸다. 가정교사와 법무장관과 도이치의 손을 잡아끈 남자는 다들 그 말을 손등에 메모했다. 모두가 같은 생각을 하는 듯했다.

"그에게 있었고 이 시대 젊은이들에게 없는 건 사랑이야. '내가 사람의 방언과 천사의 방언으로 말을 할지라도 내게 사랑이 없으면 울리는 징이나 요란한 꽹과리가 될 뿐입니다.[19]' 나의 파우스트를 구원하는 열쇠도 거기에 있다네."

도이치는 자신의 손등을 바라보았다. 내게도 뭔가 쓸 것이

---

19 고린도전서 13:1.

필요하다. 이 순간을 기록해 두어야만 한다.

"사랑은 모든 것을 혼동시키지 않고 혼연일체로 만들지."

선생님이라고 불린 사람이 말했다.

잠에서 깨어 생각해 보니 그것은 분명 청년기 자신의 생활 구석구석에 녹아들어 있던 『괴테와의 대화』에서 비롯된 꿈이었다. 처음 마주친 눈빛이 날카로운 남자는 헤겔[20]이고 손을 잡아끈 사람은 에커만이었다. 리머[21]와 폰 뮐러[22]도 있었다. '선생님'은 당연히 괴테였다. 하지만 도이치는 그 책을 집필하는 작업에 몰두했던 청춘 시절이나 그 인물이 생활한 공간에서 실제로 살았던 유학 시절에조차 이렇게까지 생생한 꿈을 꾼 적이 한 번도 없었다.

---

20 독일의 철학자로 독일 관념론의 완성자.
21 괴테 아들의 가정교사였던 프리드리히 빌헬름 리머를 말함.
22 괴테의 친구이자 바이마르공화국에서 실질적 법무장관 역할을 수행했던 프리드리히 폰 뮐러를 말함.

도이치는 다시 잠을 청했지만 같은 꿈을 꾸지 못하면 너무나 절망스러울 듯해서 차라리 일어나기로 했다. 몸을 움직일 수 있다는 것을 확인한 뒤 책상 앞에 앉아 방금 전까지 자신에게 일어났던 일을 떠올릴 수 있을 때 전부 다 떠올려보려 했다. 단편적인 기억을 의식의 흐름에 따라 재생했고, 그것을 여러 차례 반복하다 보니 이야기가 생겨났다. 도이치는 그 의미를 생각해 보려 했다. 하지만 사실 의미 같은 건 아무래도 상관없었다. 숨이 잘 쉬어지지 않았다. 그는 생각했다.

'괴테는 말했다. 분명히 말했다.'

그리고 조심조심 티백 꼬리표를 손전화기 케이스에서 꺼냈다. 그것을 TV 방송용 원고 마지막 부분에 셀로판테이프로 붙이고 빨간색 펜으로 글을 추가했다.

> "『파우스트』 마지막 장에서는 모든 우주의 시공간이 사랑으로 하나가 됩니다. 하지만 각 세계는 저마다의 특성을 잃지 않지요. 그것이야말로 괴테의 꿈이었습니다. **그도 이렇게 말했습니다.** *Love does not confuse everything, but mixes. —Goethe*"

그것은 용서받을 수 없는 짓이었다. 이제까지 도이치가 학자로서 쌓아온 탑을 단번에 무너뜨릴 수 있는 일이다. 하지만 바로 지금, 창문에서 불어 드는 바람에 휘날려 책장이 넘어가는 마루야 사이이치의 『수영담』에는 "편해지려면 쓸 수밖에 없다. 나는 이 짐을 목적지까지 운반해서 자유로운 몸이 되기를 소망한다"라고 적혀 있다. 도이치 자신은 소설은 쓸 수 없다(써 보려고 시도한 적은 몇 번 있었다. 써보라고 권유받은 적도……). 하지만 이렇게 '괴테의 명언'을 자기 문장 속에 끼워 넣자 도이치는 분명히 '자유'를 느꼈다. 모든 것이 성취되어 가벼워졌다.

범죄 하나를 끝낸 뒤 도이치는 거실까지 걸어갔다. 바로 지금 망각의 강으로 흘러가려 하는 꿈의 실감과 여태껏 경험한 적 없는 범행의 둔탁한 감촉이 뒤섞여 자유가 주는 가벼움과 범죄에서 오는 무거움이 그를 혼란스럽게 만들었다. 요동치는 심장을 어찌할 수 없어서 거의 기어오르듯이 겨우 소파에 기대어 앉았다. 지금 시각은 3시 22분 혹은 3시 42분. 평소라면 어느 쪽이든 상관없을 테지만 어째서인지 그때만큼은 둘 중 어느 쪽인지 공연히 신경 쓰였다. 지금이 3시 22분인지 3시 42분인지, 어느 쪽이냐에 따라 이 세계의 의미가 달라지는 듯한 느낌이었다. 도이치는 지금 자신이 껴안고 있는 것을 어디로 가져가야 할지 알 수 없었다. 이걸 누구에게 물어봐야 할까? 무슨 책을 읽어야 할까? 자신이 그런 말을 입 밖으로 꺼낼 수조차 없는 위치에 있다는 사실에 온몸이 떨렸다. 그는 오랜만에 부부 침실로 들어갔다. 집에서 가장 넓으며 거실과 곧장 이어진 침실에서는 아내가 고른 숨소리를 내며 잠들어 있었다. 그 방에는 수많은 상장이 장식되어 있었다. 모두 노리카가 받은 것이다. '독후감 전국 콩쿠르 가작' '중학생 퀴즈 대회 준우승' '전국 고등학교 하이쿠 선수권 대회 입선'······. 작은 베이지색 책장에는 노리카의 육아 일기(3년치. 첫 페이지에 '마리아의 일기'라는 글자가 보여서 도이치는 봐서는 안 될 것을 보기라도 한 양 일기장을 덮었다), 가계부, 조그만 주황색 공책(펼쳐보니 아내의 구형 휴대전화, 신용카드, 앱 등의 ID와 비밀번호가 줄줄이 적혀 있었다. 도이치와 마찬가지로 전부 'hiroba norika'와 '2001.04.23'을 조합한 것이다), 도이치의 저서, 교제할 때부터 선물해 온 책이 꽂혀 있었다. 그 방의 시계를 보니 시각은 3시 45분이었다. 그걸 보자 마음이 조금 진정되었다. 침을 꿀꺽 삼키고 작게 헛기침했다. 아내를 깨울까도 생각해봤지만 뭘 어떻게 말해야 할지, 애초에 자신이 무슨 이야기를 들어주길 바라는지조차 명확하지 않았다. 하는 수 없이 침실을 빠져나와 서재로 돌아가려고 했다. 바로 그때, 소리를 내지 않으려고 천천히 현관문을 여는 노리카를 딱 마주쳤다.

딸은 곧바로 '들켰다' 하는 표정을 지었지만 그대로 집 안으로 들어와 어색하다는 듯이 손끝을 꼼지락거렸다.

"왔니?" 도이치가 말했다. "이 시간까지 돌아다녔어?"

딸은 아무런 대답이 없었다.

"알바? 그럴 리는 없겠지."

딸은 우두커니 서 있었다. 딸의 러닝화를 바라보며 도이치는 '난 어째서 꿈속에서 이걸 신고 외출한 걸까' 하고 생각했다. 그리고 "이제 자렴"이라고 말하며 서재 손잡이를 잡았다.

"아빠."

뒤를 돌아봤다.

"남자 친구, 집에, 갔었어." 노리카는 목소리를 쥐어 짜내어 말했다.

도이치는 "그렇구나"라고 말한 뒤, "그게, 잠깐 잠이 깨서. 미안, 잘 자렴" 하고는 서재로 들어갔다.

이번에는 정말로 잠들지 못하게 된 도이치는 할 수 없이 컴퓨터를 켰다. 꿈의 실감은 이미 무의식의 바다에 녹아 사라졌다. 남은 것은 조각들뿐. 어쩌면 말도 전부 조각일 뿐일지도 모른다. 실감이 동반되지 않으면Wenn ihr's nicht fühlt [23] 온갖 소설과 논문도 그저 잉크 자국일 뿐이다. 실제로 눈앞의 컴퓨터 화면에 나열된 정보들은 글자가 깨진 기호 같았다. 도이치는 구글 시작 화면을 열고 "괴테 '사랑은 모든 것을 혼동시키지 않고 혼연일체로 만든다' 출처"라고 쳐봤다. 하지만 그 문자열이 너무나 우스워 보여서 얼른 딜리트 키를 꾹 눌렀다. 한동안 꼼짝하지 않고 있었다. 4시가 되었다. 4시 반이 되었다. 5시가 되었을 때 어제 보낸 이메일에 시카리가 답신을 보내왔다. 도이치는 곧장 그것을 열어봤다.

메리 크리스마스! 그 뒤로 신경이 쓰여서 나도 이것저것 찾아봤는데(솔직히 말하자면 바로 지금 그걸 찾아보려고 인터넷의 소용돌이로 뛰어들려던 참에 히로바 선생의 메일을 발견해서 답신을 쓰고 있어. 어때, 내가 1등인가?), 역시 괴테는 대단한 사람이야. 에르되시 수[24]나 오스

23　『파우스트』 비극 제1부의 밤 장면에서 인용한 구절.
24　헝가리의 수학자 에르되시 팔과 다른 사람의 연결 단계를 나타내는 수.

카 와일드 지수[25]처럼 괴테 수가 있어도 될 정도로 모든 사람과 관계를 맺었고, 모든 사람도 괴테와 관계를 맺고 싶어 했지. 또 괴테의 말이라면 누구나 마음대로 활용하고. 무라카미 하루키는 소설 속 등장인물의 입을 빌려서 "괴테가 말했듯이 이 세상 모든 것은 메타포야"라고 했는데, 이건 상당한 의역이야. 뭐, 요약형이라 해야 할까. 언어학자 신무라 이즈루는 "괴테의 격언에도 나와 있듯이 실수는 인간의 일, 용서는 신의 일"이라고 『고지엔[26]』에 썼지만 이건 사실 영국 시인 알렉산더 포프가 한 말이래. 무의식적인 위작형이려나? 과연 '실수는 인간의 일'인 모양이지. 그렇다면 그걸 모두 용서해야만 하는 괴테는 이미 신과 같은 존재가 아닐지(웃음). 그런 뜻에서 히로바 선생이 '사랑은 모든 것을 혼동시키지 않고 혼연

---

25 위키피디아의 패러디 사이트 '언사이클로피디아'의 일본어판에 등장한 개념으로, 각 항목에 등장하는 인물이 해당 사이트 내에서 오스카 와일드와 연결되려면 몇 단계를 거쳐야 하는지를 나타낸 수치다.
26 일본의 대표적인 중형 사전.

일체로 만든다'를 괴테의 말로 보는 건 옳다고 봐. 설령 괴테 전집에 그 문장이 없다 해도, 괴테가 그렇게 생각했지만 말을 안 한 것뿐일 수도 있고, 어디 휴지 조각에 적어둔 걸 누가 버렸을 수도 있어. 애초에 전집엔 반드시 누락되는 문장이 생기는 법이잖아. 근데 이런 건 대답이 안 되겠지(웃음).

비슷한 표현으로 내가 떠올린 건 빅토르 위고의 희곡 「크롬웰」의 한 구절이야(이제 따옴표도 각주도 필요 없겠지?). 시는 자연과 마찬가지로 창조의 과정에서 빛과 그림자를, 숭고함과 그로테스크함을, 다시 말해 영혼과 육체, 정신과 짐승성을 혼동하지 않고 혼합하기 시작할 것이다. 그럼, 새해 복 많이 받기를.

IV

수요일, 쓰즈키가 수정한 논문을 보내왔다. 일주일 전 지적한 부분이 크게 개선되어 논문으로서의 정밀도는 높아졌지만, 맨 마지막에 운테이 마나부와 도이치의 책에서 인용한 문장이 새로 추가된 점을 도이치는 그냥 넘길 수 없었다.

> 괴테의 "사랑이 띠의 역할을 하지 않으면 결국은 모든 게 바벨탑일 뿐이다"(히로바, 1999)라는 말과 헤세의 "온 세상이 노아의 방주에 올라타듯이 끝없는 행렬을 이루어 우리의 마음속으로 들어온다. 이리하여 우리는 모든 것을 소유하고, 이해하고, 그것과 하나

가 된다"(운테이, 1971)라는 말은 표리일체의 관계에 있다. 이 '사랑'이야말로 모든 것을 바벨에서 구하여 성령 강림일에 이르게 한다.

그전까지 지극히 자연스럽게 전개되던 논리의 흐름이 이 대목에서 갑자기 뚝 끊긴다. 마치 이 말만은 해야겠다며 회의 마지막에 폭탄 발언을 던지고 사라지는 사람 같아서 보기 거북했다. 도이치는 그 부분에만 "출처를 정확하게 확인할 것. 재인용은 허용되지 않습니다. 삭제해도 괜찮을 듯함"이라고 적었지만, 잠시 생각한 뒤 "삭제해도 괜찮을 듯함" 부분을 지우고 발송했다.

크리스마스이브에 보낸 이메일에는 서른 명 정도가 곧장 의리 있게 답신을 해줬고, 그 수는 점점 늘어났다. 사람들 대부분이 출처는 모르겠지만 괴테의 말 같다고 했으며(평소 도이치의 주장을 생각해 보면 분명 그렇게밖에 대답할 수 없었을 것이다), 또 몇 명은 출처로 추정되는 문헌을 알려주기도 했지만 전부 도이치가 이미 살펴본 것들이었다.

문득 도이치의 마음속에 '이건 설사 괴테의 말이라 해도 명언은 아닐지 몰라. 적어도 쉽게 이해할 수 있고 써먹기 좋은 한

마디라고는 할 수 없어'라는 의혹이 생겨났다. 시카리의 논리에 따르면 명백히 명언은 아니다. 이 말에 의미가 있는 건 괴테라는 이름 때문이고, 더 말하자면 잼적 세계, 샐러드적 세계로 대표되는 도이치의 괴테론이라는 문맥이 존재하기 때문이니까. 그나저나 시카리가 찾은 위고의 말은 지금까지 알아본 것 가운데 가장 비슷했다.

"시는 자연과 마찬가지로 창조의 과정에서 빛과 그림자를, 숭고함과 그로테스크함을, 다시 말해 영혼과 육체, 정신과 짐승성을 혼동하지 않고 혼합하기 시작할 것이다." —요약형으로 줄이면 "시는 모든 것을 혼동하지 않고 혼합하기 시작한다"가 될 텐데, 괴테도 위고를 알고 있었으니 어쩌면 이 문장을 읽었을지도 모른다. 하지만 그렇다고 이것을 주어만 바꾸어 "사랑은 모든 것을 혼동하지 않고 혼합하기 시작한다"라고 말했다고 보기는 어려웠다. 사랑과 시는 역시 다르다. 물론 플라톤은 "사랑의 손길을 받으면 누구나 시인이 된다"라고 말했다지만, 그렇기 때문에 사랑을 알고 시를 깨우치는 경우는 있을지언정 시를 읽고 사랑을 깨우치는 경우는 없을 것이다. 도이치는 이렇게 계관시인인 척하는 중고등학생 같은 생각을 하고 말았다.

섣달그믐에는 가족끼리 센다이의 외갓집에 갔다. 도쿄에서부터 아키코가 운전했다. 마나부는 오랫동안 도쿄에서 지냈기 때문에 센다이에 있는 본가에서는 남동생 오사무가 장기간 살았는데(그가 목사로 일했던 교회도 그 근처였다), 오사무가 세상을 뜬 뒤로는 마나부 가족이 정기적으로 오가며 집을 유지해왔다. 아키코가 고등학생이던 시절에는 매 주말을 센다이에서 보냈다고 한다. 그래서 이 길은 아키코에게 무척 익숙했고, 숲의 고장이라고 불리는 센다이에서도 특히 녹음이 짙은 지역이어서 그녀가 원예 애호가로서 품고 있는 원초적 풍경이기도 했다. 그런 이유로 핸들 조작도 평소보다 더 정확했으며 자잘한 차선 변경에도 아무런 망설임이 없었다. 도이치는 조수석에서 마음 놓고 졸 수 있었다. 노리카는 뒷좌석에서 책을 읽었다.

"잘도 멀미를 안 하네." 도이치가 문득 아내를 쳐다보며 딸 이야기를 했다.

"괜찮아. 멀미약 먹었으니까." 아내가 대답했다.

"그랬군." 도이치는 그제야 고개를 돌려 딸을 봤지만 노리카는 아무 말 없이 계속 책만 읽었다. 조지 스타이너의 『애프터 바벨』 원서였다.

그날 이후 도이치와 노리카 사이는 역시 어색해졌다. 어찌 보면 가족 전체가 서먹서먹했다. 크리스마스 아침, 선물에 한바탕 기뻐한 딸을 아르바이트하는 곳에 데려다준 뒤 아내에게 "노리카 말이야, 사귀는 사람 있지?" 하고 물어봤는데 "응, 1년 전부터"라고 태연하게 대답해서 도이치는 부아가 치밀었다.

"왜 말 안 했어?"

"노리카가 말하지 말래서. 자기가 직접 말할 거랬거든."

시계를 보자(도이치는 이미 이 시계가 어떻게 틀린 줄 알고 있었다) 수업 시간이 다가와 이 이야기는 그쯤에서 멈추는 수밖에 없었다. 옷을 갈아입으려고 서재에 가자 문 앞에 책 한 권과 편지가 놓여 있었다. 집어 들어 봤더니 빨간 봉투에 든 초록색 편지지에 "아빠께. 이거 읽어보세요"라고만 적혀 있었다. 책은 《문예공화국》이라는 문예잡지의 최신호였다. 도이치는 그것을 펼쳐 보지도 않고 책장에 던져뒀다.

그 뒤로 도이치와 노리카 사이에는 대화다운 대화가 없었다. TV를 보면서 의견을 주고받을 때는 있었다. 논문 진행 상황을 묻자 "할아버지께 보여드릴 만큼은 썼어요"라는 짧은 대답이 돌아오기도 했다(노리카는 산타에게 받은 〈영화사〉를 반복해서 보며 자신의 논문 중 고다르에 관한 몇 줄 안 되는 서술에 대해 확신을 굳혀가고 있었다). 하지만 흉금을 터놓고 대화하는 단계에는 이르지 못했다. 그렇다 해도 센다이에 가는 날이 코앞으로 다가오자 세 사람은 서로의 기분을 맞춰나갔고, 가는 차 안에서는 노리카가 자동차 스피커로 튼 NHK 라디오의 비틀스 전문 음악방송 〈디스커버 비틀스〉에서 나오는 노래에 맞춰 합창까지 했다. 하지만 도이치는 이 여행에 《문예공화국》을 가져오지 않았다.

"어서 와요."

주차장에는 운테이 집안의 장녀 가즈코가 히로바 일가의 도착을 기다리고 있었다. 나루와 고루—이 두 고양이는 마나부가 헤세의 소설 제목에서 따와 '나르치스'와 '골드문트'라는 거창한 이름을 붙였지만 둘 다 유기묘 출신이다. 나루는 다지중인 점을 마나부가 흥미로워하며 데려왔다. 고루는 날 때부터 한쪽 눈이 안 보이는 것을 불쌍히 여겨서 지금은 고인이 된 운테이 부인이 거두었다.—도 한 가족이라는 듯이 아키코의 도착을 기다리다가 그녀가 차에서 내리자 주위를 빙글빙글 돌며 기뻐했다.

"이야, 노리카. 더 예뻐졌구나. 얼른 들어와. 할아버지도 목을 빼고 기다리고 계셔. 도이치 형도 고생 많았네."

가즈코는 도이치의 처형이 되기 전에는 학교 후배였는데, 그 시절부터 그를 '도이치 형'이라고 불렀다. 도이치는 그것이

늘 기분 좋았다.

퇴임 후 사립 여대에서 정확히 5년간 근무하고 얼마 지나지 않아 장인과 장모는 도쿄 집을 매물로 내놓고 센다이로 이주하기로 했다. 직접적인 계기는 역시 동일본 대지진이었을 것이다. 다행히 마나부의 집에는 피해가 없었지만 지인 중에는 쓰나미를 겪은 사람도 있었다. 그에 앞서 남동생이 세상을 떠난 후 예전 같은 활기를 잃은 교회를 뒤에서 지원하려는 뜻도 있었으리라. 이사를 하고 몇 년 뒤 장모가 병에 걸렸고, 때마침 (이라고 말하는 것도 뭐하지만) 이혼한 가즈코가 본가로 돌아와 지금은 아버지, 딸, 나루, 고루가 함께 사는 2인 2묘 생활을 하고 있었다. 마나부는 이곳에서 한 달에 한 번 공부 모임을 열었다. 이른바 비더마이어 양식[1]으로 꾸며진 이 집은 장모의 취향을 물려받은 가즈코가 살뜰히 관리하고 있었다. 정원 관리는 마나부의 몫이다. 오늘도 마나부는 툇마루에서 분재를 감상하면서, 귀가 어두워서 곧바로 알아차리지는 못했지만 딸 가족이 언제

---

1 19세기 전반 독일과 오스트리아에서 유행한 가구와 실내 장식의 한 양식으로 간소하고 실용적인 것이 특징이다.

도착하는지 등으로 민감하게 느끼고 있었다.

"장인어른, 오랜만입니다." 도이치가 목소리를 조금 높여 인사하자 마나부가 얼른 돌아보며 일어섰다.

"여어, 기다리고 있었네. 아키코랑 노리카도 어서 와."

노리카는 마나부에게 자신의 졸업 논문(스케치)을 건넸다. 마나부는 안경을 가져와 그것을 가만히 보더니 "고맙다, 고마워" 하며 소중하게 좌식 책상에 올려두었다. 그 모습을 보며 가즈코가 말했다.

"맞다. 아버지, 얼른 그거 줘버려요."

"아, 그렇지. 그럼 가지고 오렴."

"싫어, 아버지가 직접 가져오세요."

"효도하는 셈 쳐."

"이미 충분히 했거든요."

"제가 다녀올까요?" 도이치는 웃으며 얼른 일어났다. 가즈코는 "부탁해, 아버지 방 책상 위에 있어" 하며 소파에 앉자마자 아키코, 노리카와 셋이서 꽤 친밀한 걸스(?) 토크를 시작했다.

도이치는 2층으로 올라가 장인의 방에 들어갔다. 상당히 깔끔했고 책은 선반에 가지런히 꽂혀 있었다(물론 가즈코 덕분이다). 도이치의 저서도 전부 있었다. 시카리의 책도 몇 권 있었고, 그 밖에도 익숙한 이름이 많았다. 장인은 이사할 때 장서 수를 대폭 줄였지만(도이치도 상당량 물려받았다) 여전히 벽 한쪽을 가득 채울 정도는 되었다. 그 가운데는 독일 레클람문고에서 나온 『파우스트』 초판 같은 희귀본도 몇 권 있었다. 희귀본에는 되도록 관심을 가지지 않으려고 애써온 도이치조차 부러워질 정도로 수집가의 군침을 돌게 만드는 책들이었다.

'그거'란 장인의 여든여덟 살 기념 논문집이었다. 제목은 '좀 더 빛을'. 목차를 펼치자 가장 먼저 짧은 논문 세 편―「역서曆書에 관한 단상」「교회 칸타타 소논문」「부버[2]의 성서 번역에 대해」―이 나열되어 있었다. 이어서 교회 집회나 공부 모임을 위해 쓴 듯한 원고와 강연 원고 등의 짧은 글이 몇 개(제목만으로 흥미가 동하는 것은 역시 「괴테의 '어떤 목사의 편지'를 읽고」였다) 나왔다. 맨 마지막에 실린 것은 표제작이기도 한 「좀 더 빛을」. 이 글은 꽤 길었다. 도이치는 종이상자 한 개 분량의 논문집을 들고서 1층으로 내려가 거실 책상 위에 내려놓았다.

---

2   오스트리아 태생의 독일 철학자.

"아, 고마워." 가즈코가 말했다. "대학에서 출판해 준다고 해서 최근 쓰신 글을 모아 만들었는데, 도이치 형, 혹시 가져가서 아버지랑 관련된 분들께 나눠줄 수 있어?"

"그렇구나. 알겠어. ······이건 우리도 받아 가도 괜찮죠?" 도이치가 장인 쪽을 보며 묻자 이 말에도 가즈코가 몹시 귀찮다는 듯이 대답했다. "당연하지. 전부 다 가져가도 상관없을 정도야." 마나부는 아무 말 없이 미소만 띠고 있었다. 도이치는 "노리카" 하고 딸의 이름을 부르며 외할아버지의 논문집을 건넸다. 노리카는 얼른 그것을 펼치더니 어머니와 이모의 이야기를 들으면서 읽기 시작했다.

저녁밥을 먹기 전에 노리카는 마나부의 논문집을 다 읽었고, 도이치에게 자신이 얼마나 감동받았는지 설명하려 했다. 특히 「빛」에서 깊은 감명을 받은 모양인지 "얼른 읽어봐" 하고 재촉해댔다. 딸이 주는 과제 도서를 더 쌓아두면 아버지보다는 학자로서 체면이 서지 않을 테니, 도이치는 가즈코와 아키코 자매가 재잘재잘 떠들며 식사 준비를 하는 동안 「좀 더 빛을」만 읽었다.

「좀 더 빛을」은 마나부가 이 논문집을 위해 유일하게 새로 쓴 글인데 논문이라기보다 에세이에 가까웠다. 괴테가 임종 직전에 남긴 "좀 더 빛을"이라는 말을 발단으로 삼아 여러 위인의 마지막 말에 관해 썼다. 베토벤의 "친구여, 박수 치게. 희극은 끝났네", 칸트의 "그것 좋군 Es ist gut", 무엇보다 예수가 십자가 위에서 남긴 일곱 마디. 마나부는 이 말들이 후세 사람들이 지어냈을 가능성이나 딱히 깊은 의미가 없을 가능성(예컨대 괴테의 "좀 더 빛을"은 그저 창문을 열어달라는 의미, 칸트의 "그것 좋군"은 와인 맛이 좋다는 정도의 의미 등)을 일절 고려하지 않고, 이 말들에야말로 사상가나 예술가의 성취가 담겨 있다고 단정하며 논지를 전개했다. 클로드 아무개라는 프랑스 시인이 이와 비슷한 책을 내었을 텐데 그에 관한 언급도 찾아볼 수 없었다. 도이치로서는 '역시 선생님도 나이를 먹었구나'라는 생각을 하지 않을 수 없었다. 적어도 10년 전의 마나부였다면 절대 이런 느낌만으로 쓴 글을 길게 늘어놓지는 않았을 것이다. 설령 발단이 단순한 느낌이든 유추든, 그 안에서 온갖 주제를 연결 지어 묘하게 설득되는 논거를 연발해 논쟁의 적수를 화려하게 현혹했을 터였다. 그렇게 생각하자 도이치는 문득 슬퍼졌다. 그나저나 노리카는 어째서 이 글에 그렇게까지 이끌린 걸까?

식사 자리에서도 노리카는 논문집 이야기를 꺼냈다.

"할아버지 글 멋졌어. 특히 「빛」은 운테이 마나부의 최고

걸작 아닐까요?"

이 말에는 도이치도 어안이 벙벙해졌다. '그런 알랑방귀는 지금까지 늘 최고 걸작을 갱신해 온 선생님에 대한 모독이야' 하고 주의를 주고 싶기도 했다. 하지만 딸은 말을 이어갔다.

"나도 창세기의 '빛이 있으라'와 요한복음의 '태초에 말씀이 있었다'를 자연스럽게 잇는 글이 있으면 좋겠다고 내내 생각했는데 설마 할아버지가 써주실 줄이야. 감동했어. 특히 말로 세상이 점차 열리는 걸 헬렌 켈러의 '워터'와 연결 짓는 부분이 멋있더라. 꼭 펑크 같아. 할아버지도 참 젊으셔. 그치, 아빠?"

"아, 응. 그 대목에서는 지금까지의 선생님답지 않은, 젊음이, 어, 느껴졌지." 도이치는 그렇게 말하면서도 이 딸내미가 무슨 말을 하는 건가 싶었다.

"아이쿠, 부끄럽네. 그래도 기쁜걸." 마나부는 눈웃음을 지으며 말했다. "그건 말이지, 히브리어 중 '바라ברא'라는 동사—'창조하다'라고 번역되는 말—는 무수한 색이 뒤섞인 양동이 속에서 색깔을 하나씩 뽑아내는 이미지라는 구약학자의 말을 어디선가 들었던 것 같은데 어디서 들었는지, 혹은 읽었는지 기억이 안 나서 내가 써버린 거야."

"응. 그 이야기는 처음 들었어." 노리카가 말했다.

"나도." 아키코도 가즈코와 마주보며 고개를 끄덕였다. 아키코는 남편도 쳐다봤지만 도이치는 고개를 젓는지 끄덕이는지 알 수 없게 흔들었다.

"다시 말해……." 마나부는 차분하게 이야기를 이어갔다. "태초의 혼돈은 모든 색이 뒤섞인 세계였어—게오르크 미슈[3] 같은 내 애제자이자 사위는 신통하게도 이걸 잼적 세계라고 표현했지—. 하지만 신이 '빛이 있으라' 하고 명령 한마디를 했더니 거기서부터 빨강, 파랑, 노랑, 등 색깔이 하나하나 불려 나왔어. 그리하여 비로소 화가는 자신의 그림을 그릴 수 있게 된 거야. 그는 또 색을 섞겠지. 신선한 색을 만들어 내고 흐뭇해하겠지. 색깔을 늘어놓고 형태를 만들겠지. 어쩌면 본인이야말로 완전한 색깔을 만들어 낼 수 있다고 생각할지도 몰라. 하나의 말에서 창조된 세상을 하나의 책으로 귀결시키려는 시인처럼. 하지만 그러려면 먼저 색이 구분되어 있어야 해. 신의 질서가 먼저 존재해야 하지. 그리고 혼돈으로부터 단색을 뽑아내는

---

3 독일의 철학자 겸 해석학자인 빌헬름 딜타이의 제자이자 사위로 그 역시 철학자 겸 해석학자였다.

'바라'는 오직 신에게만 허락된 일이야. 그렇지, 히로바 선생?"

◆

올해의 홍백 가요대전[4]은 홍팀의 승리로 끝났다. 도이치는 거기에 나오는 가수들을 전혀 몰라서 마나부와 추억담을 꽃피웠다. 가즈코와 아키코는 둘만의 대화를 나누는 듯했지만 아버지 이야기에 틀린 부분이 있으면 얼른 바로잡았다. 그런 공간 전체에 귀를 기울이며 노리카는 이따금 손등에 메모를 했다.

새해가 밝았다. 마나부가 감사 기도를 마친 뒤 다섯 사람은 신년 인사를 나눴다. 마나부는 노리카에게 세뱃돈 봉투(나쓰메 소세키가 그려진 1,000엔짜리 지폐가 세 장, 셰익스피어의 초상이 그려진 20파운드짜리 지폐가 한 장, 그리고 마나부가 올해 자잘한 일로 모아둔 도서 상품권 6,500엔어치가 들어 있었다)를 건넨 후 방으로 올라갔다. 그런 다음 네 사람은 다시 여러 가지 이야기를 나눴다. 아버지 건

---

[4] 매년 12월 31일 밤에 방영하는 일본의 가요 프로그램으로 그해를 대표하는 가수들이 홍팀과 백팀으로 나뉘어 출연한다.

강에 대해, 경제적 상황에 대해, 공부 모임에서 있었던 이런저런 일들(주로 공부 모임에 참석하는 마흔 줄 '청년'이 가즈코에게 청혼한 일)에 대해.

새벽 4시경이 되어서야 도이치 가족은 세 사람분 이불이 깔린 침실로 물러났다. 나루와 고루가 이때도 아키코를 따라오는 바람에 도이치도 "뭐, 괜찮아. 자주 못 만나니까"라고 말하는 수밖에 없었다. 노리카가 이미 가운데 이불에 진을 치고 있었다. 도이치는 곧바로 『좀 더 빛을』을 펼치고 한가운데쯤 실려 있는 「빛」이라는 짧은 글을 찾아냈다. 내용은 아까 장인과 딸이 이야기한 그대로였다. 하지만 그 글을 제대로 읽기도 전에 아키코가 방 전등을 꺼버렸다.

"아휴, 실수할 뻔했네."

어두워진 방에서 노리카가 중얼거리는 소리가 들렸다.

"무슨 실수?" 아키코가 물었다(그렇게 들렸다).

"아까 할아버지가 '바라' 이야기를 했잖아. 그때, 내가 '근데 할아버지. 신은 혼돈을 몇 가지 색으로 나눴어요? 하얀색에도 200가지가 있다던데'라고 말할 뻔했거든."

그렇게 말하며 딸은 쿡쿡 웃었다.

"그게 무슨 소리야?"

"그렇게 말한 연예인이 있었어[5]."

"으흠. 좋은 말이네."

"있잖아, 아빠는 어떻게 생각해? 신은 혼돈에서 몇 가지 색깔을 뽑아냈을 거 같아?" 노리카가 몸을 도이치 쪽으로 돌리는 기척이 느껴졌다.

"음, 글쎄." 도이치는 천장을 향해 누운 자세를 바꾸지 않고 생각했다.

"역시 삼원색 아닐까? 그것만 있으면 모든 색을 만들어 낼 수 있으니까."

하지만 노리카는 그 대답에 만족하지 못했는지 으음, 하고 앓는 소리를 내었다.

"괴테의 책 중에 『색채론』이라는 게 있지?"

"응, 있어."

"그건 어떤 책인데?"

드물게도 이런 이야기에 아내가 끼어들었다. 아키코도 몸

---

[5] 일본 모델 안미카가 한 예능 프로그램에서 자신의 특기는 사물에서 장점을 찾아내는 것이라며, 앞에 놓여 있던 하얀 수건을 보고 "하얀색에도 200가지가 있어요"라고 말해 인터넷상에서 크게 인기를 끌었다.

을 도이치 쪽으로 돌렸다(그런 기척이 느껴졌다). 어쩔 수 없이 도이치도 두 사람 쪽을 향해 몸을 돌렸다. 어둠 속에서 도이치는 괴테의 색채론을 설명하기 시작했다.

"『색채론』은 괴테가 혼신의 힘을 다해 쓴 책인데, 거기서 그는 뉴턴의 『광학』을 마구 비판해. 뉴턴이 모든 색을 다 섞으면 흰색이 된다고 한 말에 대해 '그럴 리 없다, 회색이 된다' 하고 반박하는 식이야. 괴테의 말에 따르면 그건 이 세계에 언제나 안개가 끼어 있기 때문이래. 즉 세계는 완전한 빛과 어둠의 중간에 있다는 거지. 빛과 어둠의 대립이 색을 이루는 거야."

『괴테의 꿈』에서는 괴테가 인간 세상에서 '잼적 세계'를 실현하는 것에 대해 품고 있었던 문제의식의 한 예로 이 이야기를 소개했다. 요컨대 다른 것을 모조리 뒤섞어 봤자 이상적인 하얀색은 얻을 수 없다. 괴테는 전체성 개념에서 모든 색이 각각 빛나야 '하나이면서 전체$_{\text{Hen kai pan}}$[6]'의 경지에 이를 수 있다며 보다 전문적인 방법으로 설명했다. 색에 관해 이야기하던 중

---

6   고대 그리스의 철학자 크세노파네스가 처음으로 쓴 말로, 신은 만물을 자기 안에 품고 있으므로 하나이면서 전체라고 생각하는 범신론의 사상을 나타낸다.

도이치는 재미있는 일화를 하나 떠올렸다.

"노리카도 알고 있겠지만 호메로스는 색깔 묘사를 이상하게 했대."

"아아, 글래드스턴이 그랬지" 하며 노리카는 아버지가 할 이야기를 내다보고 그 전제가 되는 지식을 알기 쉽게 어머니에게 설명했다.

"호메로스라는 시인의 작품에서는 바다를 포도주색이라고 표현하는 등 색깔에 관한 묘사가 좀 많이 이상하거든. 영국의 유명한 정치가이자 고전학자인 글래드스턴이라는 사람이 그 점에 주목한 거야."

"그랬나?"

도이치는 꽤 오래전에 읽은 이야기라고 먼저 못 박아두면서 차라리 딸에게 설명을 맡기는 편이 더 낫지 않을까라는 생각도 했다.

"여하튼 그에 관한 연구를 진행하다 보니 색채에 관한 인류의 어휘는 상당히 규칙적으로―호메로스뿐만 아니라 성서나 인도 경전 베다에서도―, 무지개 색깔 순서로 점점 늘어났다는 걸 알게 됐지. 그래서 어떤 학자는 고대인이 색약이었을 거라고 생각하기까지 했어. 진화론의 시대이기도 했으니까, 최초의 인간이 감지할 수 있었던 색깔은 흑백뿐이었는데 빨강이라는 단어를 획득하고 나서야 비로소 빨강이라는 색깔이 보이게 되었다는 거야. 실제로는 그렇지 않았지만 착각한 거지."

그렇게 말하며 도이치는 이 일화가 아까 장인이 했던 이야기와 느슨하게 연결되어 있다는 느낌을 받았다. 이때 아키코가 입을 열었다.

"그러고 보니 예전에 노리카가 '엄마 때는 색깔이 있었어?'라고 물어봤잖아. 흑백사진밖에 없다면서."

"그런 말을 했었나?" 도이치는 기억나지 않았다.

"생각난다." 노리카는 웃으며 말했다.

"그랬더니 아빠가 미술관에 데려가서 '노리카, 보렴, 이건 아빠랑 엄마보다 더 옛날에 태어난 사람이 그린 그림이야. 만약 옛날에 색깔이 없었다면 어떻게 이걸 그렸겠어?' 하면서 화를 냈지."

"기억났어. 화를 내진 않았지만" 하며 도이치도 웃었다. 어둠에 눈이 익숙해져서 두 사람의 얼굴이 보이기 시작했다. 놀랍게도 나루와 고루까지 도이치의 이야기를 가만히 듣고 있었다(그렇게 보였다). "그러자 노리카가 그리스 조각을 가리키면서 '그럼 아빠, 저 조각을 만들었을 땐 아직 색깔이 없었던 거지?'

라고 했지."

가족들은 다 함께 쿡쿡 웃었다.

"하지만 이건 정말 그런 이야기야. 결국 우린 과거의 시대를 남겨진 조각으로 상상하는 수밖에 없어. 고전학자가 착각했던 것도 어쩔 수 없는 일이지. 다만 우리가 사물에 대한 새로운 시각을 획득함과 동시에 고대인의 시각을 잃어버리기도 한다는 점은 잊어서는 안 돼."

"저요!" 이때 아키코가 손을 들더니 "그럼 노아가 본 무지개는 몇 가지 색깔이었을까?" 하고 예의 바른 초등학생처럼 질문했다.

"글쎄. 의외로 두 가지 정도였을지도 모르지. 스탕달처럼 '적과 흑'[7]이려나(그러자 노리카가 뮤지컬 〈레미제라블〉에 나오는 같은 제목의 노래를 흥얼거렸고, 아키코도 거기에 맞춰 한 소절 불렀다). 맞아, 무지개가 몇 가지 색깔인지 따지는 건 생각보다 어렵지. 뉴턴은 음계에 맞춰 일곱 가지라고 했어. 도레미파솔라시에 맞춰 빨주노초파남보. 신이 모든 영역에서 완전한 법칙으로 세상을

---

7 프랑스 작가 스탕달의 대표작 이름.

창조했다고 보고 그에 대응시킨 거겠지."

"도레미파솔라시도." 노리카는 정확한 음정으로 한 음씩 올렸다.

"월화수목금토일." 이번에는 반대로 내려왔다.

"미나리, 냉이, 떡쑥, 별꽃, 광대나물, 순무, 무.[8]"

그 말을 받아 아키코가 흥얼거렸다.

도이치도 질세라 뭐라도 말하려 했지만 G7밖에 떠오르지 않아서 그만뒀다(나중에 왜 자유칠과[9]라든가 일곱 미덕[10]을 생각해 내지 못했나 하고 땅을 치며 후회했다). 그리고 아무 말도 하지 못한 채 조금 전 아내의 질문에 대해 곰곰이 생각해 봤다.

"그래도 같은 무지개야."

도이치는 지금, 자신이 이제껏 어디에도 쓴 적 없는 말을

---

8 일곱 가지 봄나물, 일본에는 인일(人日)인 음력 1월 7일에 이 나물들로 죽을 끓여 먹으며 무병장수를 기원하는 풍습이 있다.
9 고대 그리스에서 르네상스 시대에 이르기까지 자유민에게 필요하다고 여겨진 교양 과목으로 신학을 제외한 문법, 수사학, 변증법, 산술, 기하학, 천문학, 음악의 7학과.
10 기독교에서 말하는 일곱 가지 미덕으로 예지, 절제, 정의, 용기, 믿음, 희망, 사랑.

하려 했다.

"지금도 우리는 노아의 시대와 같은 무지개를 보고 있어. 그저 거기서 더 많은 이름을 읽어낼 수 있을 뿐이지."

"아빠 때는 색깔이 있었어?"

노리카가 키득거리며 물었다.

"있었지. 그런데 지금이 더 많은 것 같아"라고 도이치가 대답했다.

"너무 반짝거려서 질릴 때도 있지." 아키코가 말했다.

"그렇구나. 좀 믿기 힘든데." 노리카는 부모의 호흡이 척척 맞는 것이 마냥 즐거웠다.

"보지 않고도 믿는 자는 복되도다.[11]"

도이치는 이 순간 지극히 자연스럽게 성서를 인용할 수 있었다.

---

11 요한복음 20:29.

아침 7시쯤 눈을 떴다. 아내도 딸도 아직 옆에서 자고 있었다. 깨우지 않도록 조심하며 1층으로 내려가자 장인이 툇마루 좌식 책상 앞에 앉아 있었다.

"일어나셨어요?" 하고 인사했더니 "아, 더 자도 되는데. 그 뒤로도 늦게까지 얘기 나눴지? 가즈코가 늙은이랑 둘이 지내느라 쌓인 게 많아" 하며 마나부가 웃었다. 하지만 그 손은 움직임을 멈추지 않았다. 성경 원전을 필사하는 중이었다. 매일 아침 일과는 연초든 딸 가족이 와 있을 때든 변함없이 수행한다. 좌식 책상 위에는 이와나미문고에서 나온 『구약 성서 열두 소예언서 상』이 (아마도 참고용으로) 놓여 있었지만 펼칠 기미는 없었다. 그저 잠잠히, 어디서든 흔히 파는 대학 노트에 성경의 히브리어가 차곡차곡 옮겨진다.

"이게 몇 번째예요?" 도이치는 마나부 옆에 다리를 펴고 앉았다.

"세 번째의 딱 3분의 2쯤인가. 8년째니까" 하며 마나부가 웃었다. "지금은 힘든 구간이야. 엄청 지루하거든. 하지만 이제 곧 복음서가 나오니까 그걸 생각하며 힘내고 있어. 재미없다고 느끼는 부분은 대체로 내가 이해를 못해서일 뿐이고, 이것저것 알고 나면 재밌어져. 그래도 역시 지루하면 영 흥이 안 나지. 반대로 즐겁다고 하루에 몇 장(章)이나 써도 안 돼. 그건 첫 번째 필사 때 절실히 느꼈지."

한동안 마나부는 말없이 집중했고, 한 단락을 마친 뒤 펜을 내려놓았다.

"역시 히브리어는 어려워. 난 그리스어도 히브리어도 여든 살부터 공부했으니까."

"참 대단하세요. 보통은 못할 걸요." 도이치는 고개를 절레절레 흔들며 말했다.

"카롤루스 대제가 어떻게든 라틴어 쓰기를 해보려고 노력했다는 이야기 아나? 거기서 감화를 받았지. 하지만 결국 쓰는 건 못 했고, 그 유명한 KAROLUS 모노그램 서명도 본인이 직접 쓴 건 서명 한가운데에 있는 마름모뿐이었다지. 나도 이렇게 눈동냥으로 글씨를 따라 그리고 있지만, 아마도 꽤 틀렸을 거야."

눈앞의 정원에서는 시간이 느긋하게 흐르고 있었다. 마나부는 다시 펜을 쥐고 그다음 문장을 쓰기 시작했다. 도이치는 문득 생각이 나서 "선생님, 혹시 이런 말 아십니까?" 하며 장인의 허락을 얻은 다음 펜을 빌려 그의 필사용 공책 여백에 "사랑은 모든 것을 혼동시키지 않고 혼연일체로 만든다"라고 적어서 보여줬다. 마침내 마지막 지푸라기에 매달린 셈이니 밑져야 본전이었다. 예상대로 장인은 오른손으로 이마를 짚으며 "으으음" 하고 난처해하더니 "이건…… 노발리스인가?" 하고 물었다.

"그런 느낌도 들지만 아무래도 괴테의 말인 것 같아요." 그런 다음 도이치는 티백 꼬리표 이야기를 했다. 그것이 자신에게 왔을 때 이스라엘 신혼여행에서 본 1세겔짜리 동전이 떠올랐다고도 말했다. "목사님이랑 신부님이랑 오사무 숙부님 접시에만 동전이 있었죠."

그러자 마나부는 "아아, 그거 말이지" 하고 아련한 눈으로 중얼거리더니, 느릿느릿 일어나서 지갑을 가져와 그 속에서 바로 그 동전을 꺼냈다. 도이치는 틀림없이 오사무가 세상을 떠날 때 물려받은 것이려니 싶었지만 아니었다. 처숙부는 신학교에 가기 전 마나부에게 그 동전을 주러 왔다고 한다.

"자기가 신에게 선택받았다는 증거는 필요 없다고 했어. 황송해서 덥석 받아버렸지." 마나부는 그렇게 말하며 웃었다. 그런 다음 "언젠가 자네한테 줄 거야. 위층에 있는 책도 전부 다 줄 거고. 나한텐 이게 있으니까" 하며 노리카의 논문을 가리켰다.

도이치는 그 말에 '역시 이분도 나이를 먹었구나' 하고 느꼈지만 그건 어제 「좀 더 빛을」을 읽었을 때와는 또 다른 의미였다.

"노리카는 선생님 손녀예요. 관심의 깊이와 발상의 풍부함으로는 이미 저를 앞질렀죠. 제대로 공부만 하면 학자가 될 수 있어요."

"안 되어도 괜찮아. 그 애한테 학자의 언어는 거북할 게야." 마나부는 미소를 띠며 말했다. "도이치, 말을 찾는 건 학자의 본분이지. 구렁이 잡으러 갔다가 구렁이한테 잡아먹혀도 상관없다네. 하지만 말이란 끝까지 불편한 도구야. 도무지 익숙해지는 법이 없거든. 난 아직도 가즈코랑 싸워. 가끔 만나는 젊은 학생의 말을 가로막을 때도 있지. 누군가가 하는 말을 전혀 못 알아들어서 귀가 어두운 척하며 어물쩍 넘어가기도 하고…… 그걸 대신할 도구를 도통 찾을 수가 없어서 계속 쓰고 있을 뿐이야. 난 심지어 이렇게 생각한 적도 있어. 가령 섹스는 어떨까."

마나부가 이런 노골적인 단어를 입에 담자 도이치는 눈살을 찌푸리는 것과 동시에 자기도 모르게 등을 곧게 폈다.

"응, 그건 말보다 확실해. 친밀하게 느껴지고, 무엇보다 따뜻하지. 하지만 지속되지 않잖아. 역시 나한텐 말이 더 잘 맞

아. 이런저런 순간적인 감각에 질려 있는 세대이다 보니 불변하면서도 보편적인 게 필요하거든. 결국 나한텐 기도밖에 없더라고. 즉 지금 내가 말하는 한계를 지닌 언어를, 성령께서 번역해 신께 전해주는 거야. 그렇게 함으로써 뭐가 어찌 됐든 모든 게 곧 좋아지리라고 믿는 것. 어쩌면 모든 말은 어떤 형태로든 기도가 되려 한다고, 그렇게 말할 수 있을지도 몰라. 난 그렇게 생각하네……. 어이쿠, 미안, 자네한테는 항상 이렇게 설교를 해버리는군. 뭐, 자네 가족은 언제 봐도 사이가 좋으니까 걱정한 적 없어. 노리카를 보면 딱 알지. 하지만 내가 아직 자네의 선생인 셈 치고 한마디 하자면, '네 노력은 사랑 속에 있어야 하고, 네 생활은 실천 속에 있어야 한다'라고 말하고 싶네. 이것만 잊지 않으면 지금으로선 문제가 없어. 이건 괴테의 말이지?"

"네, 맞습니다" 하고 도이치는 고개를 끄덕였다. 이건 어디서 나온 말인지 곧바로 알았다. 『빌헬름 마이스터의 편력 시대』였다.

얼마 뒤 가즈코가 일어나 아침 댓바람부터 어제 남은 맥주를 마셨다. "도이치 형도 마셔. 남겨봤자 아버지는 안 드시니까"라고 하기에 도이치도 "어쩔 수 없군" 하며 자리에서 일어나 와인을 마셨다.

그날 운테이 일가는 딱히 어디에 나가지 않고 평소처럼 한가로운 시간을 즐겼다. 그런데 오후 4시쯤 되자 나루와 고루가 울기 시작했다. "지진이야." 아키코가 말하자 노리카가 "음, 진도 3 정도일까?" 하고 답했다. 하지만 곧이어 TV 예능 프로그램이 지진 중계로 바뀌었다. "아버지, 이시카와 쪽은…… 6강強[12]이래요." 가즈코가 정원 손질을 하던 마나부에게 전했다. 도이치는 장인이 눈을 감고 있는 모습을 바라보았다.

문득 13년 전 일[13]이 그들의 머릿속을 스쳤다.

그 뒤로 사흘 동안은 TV를 항상 틀어두었고, 마나부는 노리카의 논문을 읽으며 무언가 움직임이 있을 때마다 손을 모아 기도했다. 노리카는 가져온 책을 읽거나 노트북에 무언가 입력했다. 도이치는 가나자와에 사는 지인들의 안부를 걱정하는 한편 피스타치오를 집어 먹으며 『좀 더 빛을』을 읽었다. 「괴테의 '어떤 목사의 편지'를 읽고」에는 괴테의 사상과 바울 서신의 관계를 논한 부분에 도이치의 논문이 꽤 많이 인용되어 있었다.

---

12 한국 진도 계급으로는 진도 7~8에 해당함.
13 2011년에 일어난 동일본 대지진을 말함.

피스타치오 껍질을 다 쌓았다[14]. 근처 마트까지 사러 간다. 이것이 사흘 동안 유일한 외출이었다. 그러고 보니 예수의 죽음 후 사흘 동안 제자들은 은신처에 숨어 있었다는데, 그때 누가 식량을 조달했을까? 도이치는 그런 궁금증이 들어서 마나부에게 물어볼까 하다가 결국 질문 자체를 잊어버렸다. 아키코는 아버지와 함께 정원을 손질했고 밤에는 언니와 늦도록 이야기를 나눴다. 장모님의 요리 솜씨를 물려받은 가즈코가 매일 총감독을 맡아(실제 요리 과정에서는 아키코와 도이치에 평소 요리를 전혀 하지 않는 노리카까지 역할을 나눠 맡았다) 설음식을 해 먹었다. 아스파라거스 고기말이, 아보카도와 치즈를 넣은 테린[15]은 특히 맛있어서 손이 절로 갔다. 나루와 고루는 언제나 아키코 옆에 꼭 붙어 있었다. 가즈코가 "도이치 형, 질투 안 나?" 하고 물었을 때는 아내와 장인 앞에서 뭐라고 대답해야 할지 난처해서 겨우 "오히려 아키코한테 질투 나지. 나도 이 애들이랑 나름대로 오래 알고 지냈는데" 하고 말했지만, 요 사흘 동안 무진장 애를

---

14 근대 일본 소설의 거장 모리 오가이의 『무희』 중 첫 문장 "석탄은 벌써 다 쌓았다"를 변형한 것.
15 고기, 생선, 야채 등을 다져서 틀에 넣어 조리한 후 차갑게 먹는 프랑스 요리.

써서 나루와는 점점 가까워졌다. 고루와도 친해질 수 있을 듯했으나 결국 마지막까지 도이치에게 다가오지 않았다.

도이치 가족은 4일 아침에 떠났다. 헤어짐을 아쉬워하는 가즈코와 아키코가 가는 것을 알아차리고 눈에 띄게 동요하는 나루, 고루를 운전석에서 바라보던 도이치에게 마나부가 천천히 다가와 귓가에 대고 말했다.

"도이치. 괴테의 그 말 말이지, 자네는 그걸 찾을 수 있을 게야. 그 말이 진짜라면."

도이치는 마나부가 무슨 말을 하려는지 잘 알 것 같으면서도 곰곰이 생각할수록 전혀 이해가 되지 않았다. '진짜'라는 건 무슨 뜻일까? '진짜 괴테의 말'인가? 아니면······.

미타에 있는 자택으로 돌아오자 가족은 다시 흩어졌다. 노리카는 자기 방으로 들어갔다가 아무 말 없이 밖으로 나갔다. 아키코는 영상 속 유튜버에게 개인 교습을 받느라 거실을 점령했다. 도이치는 일단 독일어판 괴테 전집을 펼치고 명언을 찾아봤다. 그러자 전에 없던 의문이 떠올랐다. "사랑은 모든 것을 혼동시키지 않고 혼연일체로 만든다." 이건 '진짜'인가? 사랑은 모든 것을 각각의 모습 그대로 이을 수 있나?

노리카는 그날 밤에 집으로 돌아왔다. 도이치는 눈 딱 감고 "남자 친구 집에 다녀왔니?" 하고 물었고, 노리카가 고개를 끄덕이자 "그랬구나"라고만 말했다. 저녁 식사는 도이치가 만들었다. 그렇다 해도 메인 요리는 가즈코가 싸준 떡국이었고 도이치는 떡에 치즈를 올려 굽고 김으로 감쌀 정도였지만. 그날 노리카는 녹화된 프로그램 중 몇 달 전에 저장해 둔 듯한, 작년 말 타계한 오에 겐자부로[16]의 추도 방송을 골랐다. 여러 유명 인사가 자신과 오에 작품의 관계에 대해 이야기했다. 딸은 그것을 보며 평소처럼 책상 위에 굴러다니던 볼펜을 집어 손등에 무언가를 휘갈겨 적었다. 도이치는 그 모습을 보면서도 신경 쓰지 않는 척했다.

"있지, 아빠. 그 TV 방송은 어떻게 됐어?" 갑자기 노리카가 물었다.

"응?" 그 말을 듣고 그제야 도이치는 서재에 놔둔 교정지를 떠올렸다. "참, 그렇지. 이제 곧 원고 마감이야."

---

16 일본 현대 문학을 대표하는 작가. 전후 일본 사회의 모순과 인간 소외를 탐구한 작품들로 1994년 노벨 문학상을 수상했다.

"입고 갈 옷은 정했고?"

"생각 안 해봤는데. 평소 강의할 때 입는 거면 되지 않나?"

"모처럼 방송 타는데 멋있게 입고 가. 전에 K 씨가 나온 회차, 스타일 좋던데."

"그럼 방송대 시절 입던 걸로 할까?"

"아휴, 그건 안 돼. 전에도 말했잖아." 아내가 짜증 섞인 목소리로 불쑥 끼어들었다.

"그랬나?" 도이치는 시치미를 뗐다. '듣고 보니 그랬지' 하고 생각하면서. "아무튼 의상 같은 건 아직 안 정해도 돼."

그때 TV에서는 어떤 사람이 오에 겐자부로의 『홍수는 내 영혼에 이르고[17]』 속 문장을 소개하고 있었다.

> 청년이여, 기도를 잊어서는 안 된다. 기도를 올릴 때마다 그것이 참되기만 하면 새로운 감정이 번뜩일 테고, 그 감정에는 여지껏 몰랐던 새로운 사상이 담

---

17 한국어판은 『홍수는 내 영혼에 이르고』, 오에 겐자부로 지음, 김현경 옮김, 은행나무, 2023.

겨 그것이 또 새롭게 그대를 격려할 터다. 그리하여

기도가 바로 교육임을 깨달으리라.

　도스토예프스키의 『카라마조프가의 형제들』에서 조시마 장로의 유언을 인용한 구절이다. 그러니 엄밀히 말하자면 오에의 말이라기보다 도스토예프스키의 말이라고 해야 할 것이다. 그나저나 '기도'라니. 설날 툇마루에서 장인이 한 말이 떠올랐다. 그러고 보니 장인은 오에 겐자부로와 동기여서 캠퍼스에서 본 적도 있다고 했다. 장인도 와타나베 가즈오[18]가 번역한 토마스 만의 책을 읽었으니 오에가 와타나베 선생과 친밀하게 지내는 것이 부럽기도 했던 모양이다. 게다가 마나부도 소설을 써 보려고 했던 적이 있었기 때문에 오에의 데뷔작 「기묘한 아르바이트」를 읽었을 때는 도무지 인정할 수 없었다고 한다. "하지만 결국 그 뒤로 소설을 쓸 마음이 들지 않았으니 역시 졌다고 생각했던 거겠죠" 하고, 멋쩍으면서도 적잖이 자랑스럽기도 한 듯이 미소 지으며 학생들에게 말했던 적이 있다. 마나부는 그

18　프랑스 문학자이자 평론가. 오에 겐자부로는 그의 제자였다.

런 식으로 "내가 누구누구랑 만났을 때……" 하는 식의 이야기를 종종 들려주고는 했다. 가령 슈바이처가 가봉의 랑바네레에서 의료 봉사를 했을 때 만나러 간 이야기라든지—도이치는 언젠가 자신도 수업 도중 슈바이처 이야기를 했던 것을 떠올렸다. 분명 괴테와 관련된 내용이었을 것이다[19]. 당시 학생 하나가 "슈바이처는 서양 중심주의이며 기독교를 강요하는 활동을 했습니다. 대학 교수가 그런 인물에 대해 이야기하면 안 됩니다"라고 강의 감상문에 적었고, 도이치는 다음 수업 시간에 그것을 비판했다. "이런 받아쓰기 같은 의견을 고집하기보다 자네들 자신이 사랑의 실천자가 되어야 하지 않겠나?" 이에 대해 그 학생은 "저는 오랫동안 봉사활동을 해왔습니다. 그러는 교수님은 사랑의 실천자신가요?" 하고 더욱 긴 의견을 적었다. 이제 와서 왜 그 말이 떠올랐는지 도이치는 알 수 없었다.

어쨌거나 그건 꽤 오래전 일이다. 지금은 그때만큼 확신에 차서 누군가를 긍정하거나, 그러기 위해 누군가를 부정하고 후

---

19 슈바이처는 괴테를 사상적 스승으로 여겼고 괴테 연구로 1928년에 괴테상을 수상하기도 했다.

회하지는 못할 것이다. TV에서는 『홍수는 내 영혼에 이르고』의 인용이 이어졌다.

> 모든 것은 공중에 매달리고, 그 너머로 무無가 펼쳐져 있다. '나무의 영혼' '고래의 영혼'을 향해 그는 마지막 인사를 한다. **모든 게 좋다!**

"모든 게 좋다!" 이건 카뮈를 인용한 걸까? 아니면 라이프니츠일 수도 있다. "전부 그러하다." 이건 내가 번역한 괴테의 말(가정)을 시카리가 고친 것이다. '그러고 보니 선생님도 비슷한 말씀을 하셨지' 하고 생각을 굴리며 문득 딸을 쳐다봤다가 깜짝 놀랐다.

놀랍게도 그 낭독을 들으며 노리카는 눈물을 흘리고 있었다. 방금까지 아버지의 방송용 의상 이야기를 하던 아이가, 북받친 감정을 가장 가볍게 흘려보내는 방법이라는 듯 쿵, 하고 소리를 내며 코부터 미간까지 찌푸리더니 눈을 비볐다. 그런 다음 일단 책상에 엎드렸다가 불과 몇 초 만에 벌떡 일어나 이 사이로 후우, 하고 한숨을 뿜어냈다. 곧이어 손등을 바라보며 "앗, 지워졌네" 하고 중얼거렸다.

✦

더더욱 알 수가 없어졌다. 괴테의 명언도, 딸도. 모든 게 그 말을 못 찾았기 때문이라고 곧장 책임을 전가해 버릴 수 있다는 편리함을 생각하면 끝까지 찾지 못하는 편이 더 나을지도 모른다. 그날 밤 메일함을 확인하자 그 말에 관해 새롭고 유익한 정보는 딱히 없었지만 'Johann'이라는 이름이 있어서 도이치는 눈이 휘둥그레졌다. 얼른 열어봤더니 독일어로 다음과 같은 내용이 적혀 있었다.

> 도이치, 오랜만이야! 이름 보고 설마했는데 내용을 읽으니까 딱 알겠더라. 역시 괴테 전문가가 되었구나. 축하한다! 그나저나 '괴테는 모든 것을 말했다' 같은 걸 잘도 기억하고 있네. 그리고 '사랑은 모든 것을……' 말이지. 그건 틀림없이 괴테가 말했을 거야!

그런 다음 요한은 자신의 근황을 짧게 전했고—작은 상을 받았고, 개인전을 열었고, 결혼했고, 아이가 생겼고, 이혼했고, 화집을 냈고, 재혼했고, 아이가 죽었고, 일을 그만뒀고, 본가로 돌아갔고, 그림 교실을 열었다―, "지금은 내 고향 바이마르에 있어. 언제든 놀러 와" 하며 주소와 가족사진을 첨부하고 메일을 마무리 지었다. 밝은 내용만 있었던 것은 아니지만 요한의 변함없는 명랑함이 문장에서 전해졌다.

도이치는 요한이 너무나도 보고 싶었다. 그와 이야기를 나누고 싶었다. 그의 입에서 나오는 "괴테가 말하기를"을 듣고 싶었다. 그걸 따라 자신도 "괴테가 말하기를" 하며 말장난을 치고 싶었다.

연휴가 끝난 뒤 장인과 관련된 사람들에게 연락을 돌려 『좀 더 빛을』을 건네러 갔다. 도이치가 떠올린 이들은 크리스마스이브에 메일을 보낸 사람들과 거의 겹쳤기 때문에 다들 "그 말은 찾으셨어요?" "그건 대체 무슨 일이에요?" 하고 묻는 통에 일일이 사정을 이야기해야 했던 게 귀찮긴 했지만, 일단 질문을 보낸 이상 몇 번이든 설명할 책임은 완수했다. 괴테의 말은 이제 더 찾아봐도 소용없으리라는 느낌이 들었다. 뮌헨판과 프랑크푸르트판은 아직 전부 훑어보지 못했지만 왠지 거기에는 없을 거라는 직감이 들었다. 방송용 원고 마감도 코앞으로 다가왔다. 도이치는 교정지 마지막 페이지에 테이프로 붙여둔 꼬리표를 떼어내서 다시 손전화기 케이스에 끼운 뒤 교정지를 담당자에게 보냈다. 『수영담』처럼 출처를 알 수 없는 괴테의 말로 이 말을 발표하면 독자 중 누군가가 정보를 알려줄 가능성도 아예 배제할 수 없었지만, 자신이 크리스마스 밤에 꾼 그 꿈을 믿는다면 그걸로 됐다는 마음도 있었다.

『좀 더 빛을』을 주기 위해 당연히 시카리에게도 연락했지만 답신이 계속 오지 않았다. 며칠 기다린 뒤 다시 한번 메일을 보냈으나 역시나 감감무소식이었다. 꺼림칙한 예감이 들었다. 시카리는 분명 인간관계를 최우선으로 여기는 사람은 아니지만 그렇다고 예의가 없지도 않다. 논문 지도교수와 학생 사이도 아니고, 시카리는 이제까지 도이치의 메일에 답신을 늦게 보낸 적이 한 번도 없었다. 하물며 마나부의 논문집을 주겠다는 이야기를 무시할 리가 없었다. 도이치는 먼저 사고가 난 게 아닐지 의심했다. 하지만 그런 기사는 보이지 않았다. 사무실에 문의해 봐도 소용이 없었다. 〈서양 문학〉 수업을 마친 뒤 쓰즈키를 불러 세워 논문 이야기를 하는 김에 시카리에 대해 물어봤지만 쓰즈키도 연락이 안 된다고 했다. 수업에도 나오지 않았다. 불안은 더더욱 커졌다. 도이치는 K. M의 학번을 찾아내 시카리의 근황에 대해 아는 것이 있냐고 메일로 물어봤다.

K. M도 심포지엄 이후로는 만난 적이 없다고 했다. 그런 다음, 실은 그 심포지엄에서 어떤 소문을 들었다며 이렇게 적었다.

> 히로바 선생님께는 말씀드리기 힘든 일입니다. 저도 설마설마했고요. 그저 이런 상황이니 일단 전해드립니다. 시카리 선생님의 『신화력』에 아무래도 자료 날조가 있었던 모양인데요…….

그렇지만 결국 도이치는 시카리를 만날 수 있었다. 도이치가 보낸 네 통째 메일에 시카리는 진보초에 있는 북카페의 주소와 만날 시간을 적은 뒤 "여기서 만나자"라는 짧은 문장을 덧붙여 답신을 보내왔다. 도이치는 굳이 수업을 보강으로 돌리면서까지(바쁜 학기 말이라서 학생들의 반발이 예상되었지만 어쩔 수 없었다) 시카리가 지정한 시각에 그곳으로 향했다. 역시 시카리는 거기에 있었다. 생각했던 것과 달리 평소와 다름없는 모습이었고, 도이치를 발견하자 "아, 여기야, 여기" 하며 손을 흔들어 불렀다. 『좀 더 빛을』을 건네자 팔랑팔랑 책장을 넘겨보더니 가방에 넣었다. 이 일련의 동작에도 미심쩍은 부분이 전혀 없었다.

"고마워. 선생님은 여전하시고?"

"응. 귀가 좀 어두워지셨지만." 도이치는 너무나 자연스러운 시카리의 태도에 당황하며 대답했다. "그래도 머리는 변함없이 영민하셔."

"그렇구나, 역시 운테이 마나부야." 시카리는 그렇게 말하며 웃었다. 덜 깎인 턱수염이 신경 쓰였다. "그래서, 찾았어? 괴테의 말."

"아니, 좀처럼 못 찾겠더라. 네가 알려준 위고의 말이 개중 가장 비슷할 정도야."

"아아." 그때 시카리는 순간적이기는 했지만 분명 슬픈 듯이 말했다. "그렇군, 없었나."

도이치는 바로 지금이라는 양 단도직입적으로 물었다.

"시카리. 무슨 일이 있었던 거야?" 일단 들어 올린 칼은 단숨에 내리친다. "날조…… 했어?"

시카리는 고개를 가로저었다. 하지만 표정을 보니 부정이 아니었다. '그것에 대해서는 말하고 싶지 않아' 혹은 '아직 말할 수 없어'에 가까웠다. 그래서 도이치도 더는 캐묻지 않았다.

북카페에는 그들 외에 그림책을 찾으러 온 어머니와 아들, 척 보기에도 문학을 좋아할 듯한 노부인, 헌책방 순례를 하러 왔다가 다리가 아파서 쉬고 있는 듯한 남자 말고는 아무도 없었다. 도이치는 창밖을 바라봤다.

"잼과 샐러드." 얼마 뒤 시카리가 말했다.

"뭐?"

"잼과 샐러드. 그건 히로바 선생의 명언이야. 괴테의 말이 아니라." 시카리는 단어를 골라가며 그렇게 말했다. 도이치가 아무런 대꾸를 하지 않자 말을 이어갔다. "사람은 자신의 사상 전체가 아니라 파편으로 이해되지. 실언 하나로 커리어가 박살 나는 정치가나 연예인은 그 나쁜 예지만, 반대의 경우도 존재할 수 있어. 예컨대 괴테는 스피노자의 『에티카』 속 한 마디만으로 이 철학자를 사랑하게 되지 않았을까? 전에 중국 작가 모옌이 그 유명한 소설 『백년의 고독』을 몇 장밖에 안 읽었다는 이야기를 듣고 분명 거짓말일 거라고 생각한 적이 있는데, 그럴 수도 있겠다 싶더라. 결국 작가나 사상가는 어딘가에서 날아온 나뭇잎 한 장으로 자신의 숲을 만들어 내는 사람들이잖아. 그렇다면 우리들 독자 쪽에서도 그 책 중 한 장으로 새로운 사원을 짓지 않으면……."

시카리는 한동안 이야기를 계속했지만, 그것은 듣는 이를 원더랜드로 데려가는 평소 수법이 아니라 자신의 성을 지켜내기 위한 활과 화살 같은 말이었다. 쏘면 쏠수록 줄어드는 종류의 말이었다. "넌 독문학자지만 난 독학자가 되고 싶어. 뭣하면 전지全知이기 위해 무학無學이 되어도 좋고." 시카리는 그렇게 말했다. 한 달 전이었다면 명언으로도 들렸을 것이다. 그러나 지금은 시카리가 무슨 말을 한들 도이치 마음에 와닿지 않았다. 도이치는 생각했다. '난 이 친구에게 배신당했어.' 분노가 서서히 온몸을 감쌌고, 그로 인해 도이치는 시카리에 대한 자신의 애정이 얼마나 깊은지 깨달았다.

도이치와 시카리는 아무 말 없이 동시에 일어섰다. 서로 더는 나눌 말이 없을 듯했다. 하지만 가게를 나서려던 순간 시카리가 "아, 이거" 하며 근처에 있던 책 한 권을 집어 들었다.

"이 신인 작가—로바타 슈진이란 이름은 분명 필명이겠지만—의 수상작 말이야. '신新 쿵이지[20]'라고 읽는 걸까? 히로바 선생, 이거 읽어봤어?"

도이치는 고개를 가로저었다.

"중국 시골 마을의 교사가 갑자기 세상을 떠나는데, 그의

---

20 『쿵이지』는 중국 작가 루쉰의 단편소설로, 과거에 급제하지 못한 주인공 쿵이지가 시대에 뒤떨어진 지식으로 조롱당하다가 자취를 감춘다는 내용이다.

제자가 화자야. 제자는 선생님의 장례식에 참석하기 위해 귀국하지. 딱 장이머우의 영화 〈집으로 가는 길〉처럼 말이야. 그 뒤 제자 몇 명이 선생님이 운영하던 글방을 정리하러 가는데 그 부분 묘사를 묘하게 공들여 놨어. 중간중간 나카무라 하지메[21] 선생을 패러디하기도 하고, 디킨스를 연상시키는 부분도 있거든. 화자는 '선생님'이 남긴 글을 찾기 위해 소설을 써. 뭐, 이렇게 말하면 꽤 흔한 이야기 같지만 여하튼 재밌단 말이야. 선생도 꼭 읽어봐."

시카리가 추천한 것은 작년 크리스마스 이후 도이치의 서재 책장에 놓여 있던 바로 그 책, 즉 《문예공화국》 최신호였다. 결코 딸의 취향이 미덥지 못했던 것은 아니지만 이때야 비로소 도이치는 그 책을 읽어볼 마음이 들었다. 마지막에 그 작품을 칭찬할 때 했던 시카리의 말은 한순간이기는 했으나 원래 지니고 있던 마법을 되찾은 듯했다. 절친한 친구와 딸이 같은 책을

---

21 인도 철학 및 불교 철학 연구자로, 일본뿐만 아니라 해외 학계에서도 높은 평가를 받아 동양 철학의 국제적 위상을 높였다.

추천한 것에 특별한 의미를 두지는 않았다. 만약 의미가 있다면 두 사람이 꽤 닮았다는 것 정도이리라. 잡학적 취향, 아카데미즘에 대한 재능으로 인해 역설적으로 가지는 불만. 그건 예전부터 도이치도 느껴온 부분이었고, 그렇기에 노리카와 시카리의 만남을 여러 차례 주선했다. 하지만 딸은 도이치가 예상했던 반응을 시카리에게 보이지 않았고, 그 뒤로 시카리의 책을 읽는 모습도 본 적이 없다. 아무튼 친구의 심미안만은 확실하다고 믿고 싶은 마음 하나로 도이치는 잡지의 책장을 넘겼다.

「신 쿵이지」—화자인 '나'는 런던대 SOAS(동양 아프리카 대학)에서 로버트 모리슨[22]의 중국어 문헌 컬렉션 관리와 강의를 맡아 하며 중국어로 소설도 쓰고 있다. 마흔여섯 살. 학자로서도 작가로서도 막다른 길에 이르렀다고 느끼던 무렵, 고향 마을 사람으로부터 '선생님'이 돌아가셨다는 연락을 받고 서른몇 해 만에 귀국한다. '선생님'은 아직 학교가 없었던 고향의 아이들에게 무려 50년 동안이나 글을 가르쳤던 옛 과거 응시자였다. '나'는 장례식 전날 글방 동창들과 재회해 술잔을 주고받는다.

---

22 중국에서 처음으로 활동한 영국의 개신교 선교사.

꼭 같은 시기에 글방을 다녔던 것은 아니지만 다들 '선생님'에게 수업을 받았다는 공통점 덕분에 금세 친해져서 『삼자경[23]』과 『백가성[24]』을 암송하기도 하며 왁자지껄한 밤을 보냈다. 다음 날 장례식이 끝난 뒤 제자들은 글방을 정리하러 갔다. 이미 마을에는 초등학교가 생겨서 글방이었던 건물은 완전히 폐허로 변해 있었다. 작업을 하며 화제는 자연스레 '선생님'의 수업 이야기로 흘러갔다. 모두가 자신의 기억을 말하다 보니 '선생님'의 강의록을 만들자는 의견도 나와서 불교 경전 결집[25]이나 『소쉬르의 일반언어학 강의[26]』를 방불케 했다. 그러다가 '선생님'은 한림원에 들어가고 싶어 했던 것치고는 평범한 인물이었으니 실은 과거제가 폐지되어 내심 기쁘지 않았을까 하는 이야기가 나오기 시작하고 '나'는 슬픈 심정으로 듣는다. '나'는 '선생님'에게 큰 빚을 지고 있었다. '선생님'이 이십몇 년에 걸쳐 정리한

---

23 옛 중국에서 어린이에게 문자를 가르치는 데 썼던 교재.
24 대표적인 성씨를 나열해 아이들에게 한자를 가르쳤던 옛 중국의 학습서.
25 부처가 열반한 후 500명의 제자가 모여 경전과 계율을 결집한 것.
26 소쉬르 만년의 강의 노트를 그의 제자들이 정리하여 출간한 책.

유서類書[27]를 베이징의 인쇄소에 가져다주라고 부탁했는데 잃어버린 것이다. 그 사실이 밝혀진 뒤에도 '선생님'은 "자네를 나무란다고 해서 글이 돌아오는 건 아니니까" 하며 '나'를 꾸짖지 않고 다시 유서 집필에 착수했다. 그 책이 완성되기 전에 '나'는 영국으로 건너갔다. 선생님의 유서는 완성되었을까? '나'는 글방과 가까운 '선생님'의 거처를 찾아보긴 했지만 유서는 보이지 않았다. 결국 글방은 저녁 무렵 정리가 끝났고, 남겨진 것은 아무것도 없었다. 여기까지가 전반부다.

후반부부터는 '선생님'의 전기(아마도 SOAS로 돌아간 뒤에 '나'가 쓴 것)가 나온다. '선생님'은 어린 시절부터 집안의 기대를 한 몸에 받으며 과거 시험을 보기 위해 맹렬히 공부했다. 천재적인 기억력이 있었기 때문에 주위 수험생들이 조그만 책이나 커닝용 옷을 만드는 것은 거들떠보지도 않았다. 하지만 어느 날 장발적[28]의 잔당에게 『신천성서[29]』에 대해 듣고(이 대목이 시카리

---

27 옛 중국에서 경사자집(경서·사서·제자·문집)의 여러 책을 내용이나 항목별로 분류·편찬한 책을 통틀어 이르던 말. 지금의 백과사전과 비슷하다.
28 중국 청나라 말기 가톨릭교도 홍수전을 우두머리로 반란을 일으켰던 무리.
29 최초의 중국어 완역 성경.

가 말한 디킨스 패러디이리라는 것은 알았으나 나카무라 하지메에 관한 부분은 찾지 못했다) 그의 가슴속에서 미지의 책에 대한 관심이 나날이 커졌다. 아버지가 영국인이 베이징에서 저지른 문화 파괴에 대해 이야기해 줬을 때는 분노에 불탔지만, 마음 한구석으로는 『영락대전[30]』 위를 달리는 탱크를 동경하기도 했다. 자신도 만 권의 책 위에 올라서고 싶었다. 그러기 위해서는 어떻게든 한림원에 들어가야 했다. 매일 밤 과거 시험에 대한 이미지 트레이닝을 했다. 눈을 감으면 과거 시험장이 보였고, 천자문으로 구획이 나뉜 시험장에 들어가 머릿속 서고에서 글자를 꺼내왔다. 그러나 그가 스물다섯 살이 되던 해 과거제가 폐지되었다. 그는 절망하며 전국을 떠돌다가 이윽고 어느 시골 마을에 정착했다. 그리고 그곳에서 한 소녀를 만나 사랑에 빠지고, 글방을 열어 아이들을 가르치는 데서 삶의 보람을 느낀다.

대략 이런 이야기였다. 도이치는 감동했다. 특히 '나'가 잃어버린 '선생님'의 유서를 찾기 위해 '선생님'의 전기를 쓴다는 이야기 구조가 마음을 울렸다. 물론 도이치는 자신이 크리스마

---

30 명나라 때 황제 영락제의 칙명에 따라 편찬한 중국 최대의 유서.

스 밤에 저지른 범행을 떠올렸다. 그와 동시에 시카리가 북카페에서 했던 주장이 자신의 무의식적 욕망과 통하는 데가 있음을 깨달았고, 설령 그 친구가 무슨 짓을 했든 자신은 그를 단순히 잘라내 버리지 않으리라는 생각이 들었다.

책을 다 읽자 마음이 맑아졌다. '딸은 분명 내가 명언을 찾고 있으니까 이 이야기를 읽었으면 했던 거겠지, SOAS에서 학문적으로 막다른 길에 이르렀다고 느낀 '나'가 그 타개책으로 '선생님'의 유서를 찾는 건 확실히 지금 내 상황과 너무 비슷해' 하고 자기 편할 대로 생각하기도 했다. 그나저나 로바타 슈진馬田穜人이라니, 참 특이한 이름을 다 지었다. 화로의 주인[31]이라니. 독특함을 과시하는 느낌도 좀 드는데, 어떤 사람일까? 작가 이력 부분은 비어 있었다. 어쩌면 고명한 동양학자가 심심풀이로 썼을 수도 있겠다. 도이치는 그렇게 생각했다.

---

31 일본어로 화로(炉端)는 '로바타'라고 읽고 주인(主人)은 '슈진'이라고 읽는다. 한자는 다르지만 음은 같은 것을 이용한 말장난이다.

V

다음 날인 금요일, 「시카리 노리후미 교수의 『신화력』 날조와 도용에 대해」라는 글이 한 학회지에 발표되었고, 그 글은 삽시간에 퍼져나가 긴급회의가 열렸다. 시카리에게도 당연히 출석을 요구했지만 오지 않았다. 회의실에 들어서자 이미 내용을 알고 있는 참석자들의 얼굴은 새파랗게 질려 있었고 숨조차 제대로 쉬지 못하는 듯했다. 시카리를 좋아하고 말고와는 별개로 모두 그를 인정하고 있었던 만큼 충격이 컸다. 도이치는 그 자리에서 처음으로 친구가 저지른 죄의 내용을 자세히 알게 되었다.

시카리 노리후미의 날조와 도용은 『신화력』에서뿐만 아니

라 일상다반사로 일어났고, 첫 책『상냥함은 상냥한가?』와 후속작인 두 번째 책『너그러움은 너그러운가?』부터 이미 그 싹이 엿보였으며(전자 132쪽 인용에서 원문의 의도를 담지 않았다든가, 후자 50쪽 체스터턴 인용 부분의 번역이 이상하다든가) 해가 갈수록 심해졌다고 한다. 세 번째 책『자위의 계보』에서는 에곤 프리델[1]이 썼다는 가공의 글「여러 민족의 연회」을 총 열세 줄에 걸쳐 인용했고, 네 번째 책『진지한 이단, 즐거운 정통』에서는 가상의 개신교 신학자 이사야 홍 다산Isaiah Hong-Dasan의 논문「바르트에게 있어서 '그러함然り'의 현대적 의의」를 만들어 내기에 이르렀다. 또 조사 단계이긴 하지만 아마 그 밖에도 가공의 저작과 인물을 수없이 날조했을 것이며, 다섯 번째 책『표식을 원하는 사람들』부터는 수법이 더욱 노골적으로 변했다(예컨대 발문에 적힌 빌럼 판 하흐트[2]의「루벤스와 브뤼헐」이라는 글과 3장에서 중요한 의미를 지니는 무명의 도서관 사서가 썼다는 수기도 존재하지 않는 것이었다). 또 이 시기부터 도용도 늘어나 "시카리 씨는 남의 문장을 마치 재활

---

1   영국의 소설가이자 평론가.
2   벨기에 출신 플랑드르 화가로, 화가 루벤스의 친구이자 후원자였다.

용 압축기로 폐지를 압축해 펄프와 함께 걸쭉하게 녹이듯이 자신의 문장으로 사용하는 데 아무런 이질감도 느끼지 않게 되었다"(이 부분의 문장이 상당히 괜찮다). 시카리의 허언은 이 무렵부터 망상증의 영역에 들어선 듯했다. 그리고 이번에 낸 『신화력』에서는 "가공의 인물의 저작에서 가져온 내용이 80% 이상을 차지"했다.

그것은 경악스러운 보고서였다. 그 글 자체가 일종의 망상이 아닌가 싶을 정도였다. 필자인 '이신 히카리惟神光'는 도이치가 전혀 모르는 사람이었지만 그 심포지엄에도 참석했는지 중반의 심포지엄 관련 내용은 특히나 자세했고, 거기서 나온 시카리의 발언은 대부분 망상이었다고 철저하게 비난해 그날 도이치의 즐거웠던 기억을 산산히 박살 냈다. 이신은 "이런 인물이 쓴 글이 무려 40년 동안이나 학계에서 버젓이 통용되었다는 데 소름이 돋는다"라며 그것을 허용해 온 일본의 대학 관계자들을 격렬하게 규탄했다. 도이치는 그 글을 여러 차례 다시 읽었다. 그리고 경망스러운 줄은 알지만 곳곳에서 웃음을 참을 수 없었다. 이 이신이라는 사람은 시카리의 팬이 아닐까. 도이치는 그런 생각이 강하게 들었다. 그렇지 않고서야 시카리의 저작을 이리도 세밀하게 분석할 수 있을까? "시카리 씨의 저작은 이제까지 제대로 읽히지 않았다"라는 일련의 서술에서는, 자신이 좋아하는 밴드의 가사나 퍼포먼스에 필요 이상의 의미를 부여해 그것을 이해하지도 못하면서 단순히 음악을 듣고 흥분하여 미친 듯이 춤출 수 있는 사람들을 조롱하는 마니아의 분위기가 짙게 풍겼다. 확실히 시카리의 저작에 매번 실려 있는 방대한 문헌 리스트를 확인해 보지 않았던 것에는 도이치도 책임감을 느끼긴 했다. 하지만 이 이신이라는 사람처럼 읽는 것은 도무지 불가능하다. 시카리를 개인적으로 존경하고 아끼는 자신조차 그러한데, 시카리를 이토록 미워하는 이신은 몇십 년이나 눈에 불을 켜고 시카리의 책을 읽어왔단 말인가? 그건 분명 일종의 사랑이 아닌가? 물론 미움을 원천으로 삼는 표현도 있다. 하지만 눈앞의 글이 그런 것 같지는 않았다. 백 보 양보해 이신이 지극히 냉철한 분석가의 입장에서 시카리의 저작을 샅샅이 읽어왔다고 치자. 그 경우 가장 신경 쓰이는 점은 이것이었다. 이신은 "예전부터 시카리 씨의 저작에 의문을 품어왔다"라고 하면서, 어째서 이 시점에 이 글을 공개했는가? 시카리는 이미 예순 살이다. 설마 그의 은퇴 시점을 고려했을 리는 없겠지만…….

    그날 교수 회의에서는 시카리의 처분이 결정되지 않았다.

다만 현재 시카리가 자취를 감추었으므로 그에게 지도를 받는 학생들은 다른 교수들이 나누어 맡자는 것과 누가 누구를 맡을지만 일단 정했고, 도이치는 쓰즈키를 담당하게 되었다. 회의가 끝난 뒤 시카리의 학생들을 새로 맡은 교수들만 모여서 앞으로의 일을 의논했다. 여기서 두 가지 이상한 점이 밝혀졌다. 먼저 시카리가 맡았던 학생들은 모두 이미 여러 교수에게 논문을 봐달라고 요청해 두었고, 게다가 전원 논문 작성을 마친 상태였다. 더더욱 이상한 점은 이 교수들이 다들 시카리로부터 어떤 형태로든 학생들을 잘 부탁한다는 말을 들었다는 것이다. 시카리는 자신에게 일어날 일을 예감했고, 그 와중에 적어도 학생들의 미래만은 지키기 위해 동분서주했던 걸까? "그야말로 시와스師走[3]였구나" 하고 누군가가 농담했지만 아무도 웃지 않았다.

K. M을 맡은 T는 "시카리 선생이 그 심포지엄 전전날이었던가, K. M을 데려와서 같이 패널 토론 예행연습을 하자는 거야. 그래서 셋이 밥을 먹으러 갔는데 그때 나한테 'K. M을 잘

---

3 일본에서 음력 12월을 달리 이르는 말. 한자를 그대로 풀이하면 '스승이 달린다'는 뜻이지만 대개는 연말에는 모두가 바쁘다는 의미로 쓴다.

부탁해. 이 애는 대학원에 가서 좋은 걸 쓸 거야'라고 하더라. 난 자기 제자인데 엄청 칭찬하네, 시카리 선생답지 않군, 이렇게 생각했지만 실제로 K. M은 그날 본 대로 우수한 학생이었지"라고 말하면서도 "정말이지 그 녀석 무슨 짓을 한 거야. 우리 모두를 바보로 만들었잖아. 젠장, 젠장" 하며 씩씩거렸다. 시카리의 인간성에 실망한 것이 아니라 명백히 본디 가지고 있는 재능을 인정하면서도 그가 저지른 죄를 애석하게 여기는 어투였고, 다른 교수들도 대체로 같은 분위기였다.

◆

2월. 도이치는 〈잠 못 드는 밤을 위해〉 녹화를 위해 방송국에 갔다. '학생' 역할을 맡은 연예인의 스케줄 문제로 원래는 이틀에 걸쳐 촬영할 예정이었지만 나흘 밤 분량을 한꺼번에 찍는다는 이야기를 녹화 당일 들었다. 도이치 입장에서는 준비한 원고를 바탕으로 제작진이 구성한 대본대로 진행하기만 하면 되니 딱히 어려운 점은 없었고, 나흘분 의상은 방송국 측에서 준비해 준 것을 순순히 입기로 했다.

영화 〈볼 오브 파이어〉에서 백과사전 편집자들이 일하는 방을 연상시키는, 절반이 책장으로 둘러싼 스튜디오에서 '선생님'과 '학생들'은 담담하게 맡은 역할을 소화해 나갔다. 책을 좋아한다는 아이돌인지 모델인지 모를 O는 도이치가 아무리 질문해도 자기 의사로는 결코 말하려 하지 않았고(일종의 굳은 의지가 느껴질 정도였다), 고학력을 내세우는 개그맨 K는 웃기는 것만을 목표로 도이치의 말에 개그 소재가 있다면 언제든지 집어내 주겠다는 양 날카로운 눈빛으로 기회를 엿보았다. 애초에 과제 도서인 『파우스트』를 읽어오지 않은 시점에서 대학교수인 도이치로서는 그들을 '학생'이라고 부를 수 없었지만, 제작진 입장에서는 『파우스트』를 읽지 않은 일반 TV 시청자를 대변하기 위해 필요한 캐스팅이었다. 물론 〈잠 못 드는 밤을 위해〉 첫 회부터 고정으로 출연 중인 아나운서와 만화가 O. K는 과제 도서나 적어도 도이치의 원고는 읽고 와서 때때로 흥미로운 의견을 내기도 했지만 녹화는 지극히 평범하게, 그러나(그 덕분에?) 막힘없이 진행되었다.

도이치는 그 녹화에 시카리의 『신화력』을 가져가 쉬는 시간마다 대기실에서 읽었다. 거기서 도이치는 시카리 내면의 외침 같은 것을 읽어낼 수 있었다. 가령 「루터의 신화력」이라는 꼭지에는 "그가 성서에는 없는 말을 끼워 넣어 성서 본문을 인용하자 야유가 쏟아졌다. 그때 그는 '마르틴 루터 박사는 이렇게 말했을 거라고 외쳐라' 하고 호통을 치고는 만족했다고 한다"라는 대목이 있었다. 단순한 학술 연구의 영역에서 명백히 벗어난 글이었지만 진심이 담겨 있었다.

그 폭로 글이 올라온 뒤 《사상수첩》에 실리던 시카리의 연재는 일시적으로 휴재되었고 『신화력』을 낸 신생 출판사는 책을 절판, 회수해야 했다. 다른 출판사들도 시카리의 기타 저서에 대해 같은 조치를 취할지 말지 판단을 주저하고 있었고, 대학 쪽에도 해명하라는 요구가 계속 쏟아졌지만 시카리와 친분이 두터우며 『신화력』의 해설까지 쓴 도이치에게 책임을 묻는 목소리는 딱히 들리지 않았다. 전공 분야가 다르기도 했고, 도이치와 시카리의 교우 관계는 길고도 깊었으나 특별히 잘 알려지지는 않았기에 당연하다면 당연한 일이었다. 그러나 도이치로서는 자신이 『신화력』을 뛰어난 작품으로 여겼던 것은 사실이고 시카리의 재능도 확실하다는 점을 어떤 형태로든 드러내야겠다는 생각이 들었다.

네 번째 밤 녹화가 시작되었다. 도이치는 푸른 옷을 입고 스튜디오에 들어섰다. 작품의 대략적인 줄거리는 다 말했고, 『파우스트』는 '매우 진지한 농담'이라는 괴테의 말을 인용해 결국 이 서재극(레제드라마)⁴은 비극이었나 희극이었나 하는 첫 번째 밤에 던진 질문에 일단 결론을 내려보는, 말하자면 결말 부분이었다.

"여러분은 어떻게 생각하십니까?" 도이치는 함께 원탁에 둘러앉은 네 사람에게 물었다. "이건 비극일까요, 희극일까요?"

"음, 전 역시 비극인 것 같아요." O가 말했다. 화장을 고치고 온 참이었다. "선생님 말씀을 들으니 얼마나 대단한 이야기인지는 알겠지만, 아무래도 1부의 그레첸을 생각하면……."

"맞아요. 애초에 왜 파우스트를 구하러 오냔 말이죠." K가 웃으며 그 말에 동조했다. "전 개그맨이니까 마지막은 희극으로, 뭐든 웃음으로 만들고 싶지만, 비극에 한 표 던지고 싶네요. 결국 이건 괴테라는 할아버지의 망상 아닙니까. 아무리 그래도 젊었을 때 자기가 버린 여자한테 구원받는다, 바로 이것이 사랑이다, 그런 건 너무 자기중심적이잖아요? 그렇죠?"

"그렇게 생각하시는군요." 도이치는 여전히 침착함을 잃지 않았다. "그 부분에 대해서는 역시 괴테도 상당히 고민했을 겁

---

4   무대 상연이 아닌 독서를 목적으로 쓴 희곡 형식의 문학 작품.

니다. 파우스트는 원래 비극의 주인공이고, 그 이야기를 구원으로 끝맺은 전례가 없었으니까요. 첫 번째 밤에 말했듯이 말로도 레싱도 모두 파우스트의 욕망을 비극으로 끝냈습니다.[5] 하지만 괴테는 그렇게 하고 싶지 않았어요."

"저는요." 이때 O. K가 입을 열었다. "O 씨와 K 씨가 하는 말도 이해는 가지만 선생님이 첫 회에서 잠깐 언급한 채플린의 말 있죠. '인생은 가까이서 보면 비극이지만 멀리서 보면 희극이다'였던가요. 이 말이 참 의미심장하게 다가왔어요. 분명 『파우스트』는 파우스트 박사의 이야기이고, 1부에서는 그의 내면세계를 탐구하니 말하자면 가까이서 보는 셈이죠. 반면 2부에서는 파우스트의 더욱 넓은, 그러니까……."

"네, 무슨 말씀인지 잘 알겠습니다." 도이치는 감탄한 듯이 고개를 끄덕이며 말을 이어받았다. "문학에서는 흔히 소우주와 대우주라고 표현하는데요, 주인공을 가까이서 보는 1부와는 달리 2부에서는 상당히 멀리서 지켜보죠. 물론 1부에서도 어

---

5 파우스트는 악마와 계약을 맺는 독일 전설 속의 인물로, 괴테 외에도 많은 작가들이 이 전설을 바탕으로 작품을 지었다.

떤 장면은 멀리서 보기도 합니다. 하지만 2부에서는 더욱 의식적으로 그렇게 보고 있어요."

"그렇죠. 전 일단은 만화가니까(여기서 K가 '진짜요? 요즘도 만화 그려요?' 하고 O에게 동의를 구하며 O. K를 놀렸고, O. K는 '당연히 그리지!' 하고 웃으며 받아쳤다. 다들 그 말에 와하하 웃었지만 도이치는 대체 뭐가 우스운지 알 수 없었다) 제일 먼저 생각난 게 데즈카 오사무의 부감 장면이에요. 주인공의 스토리가 아주 극적으로 진행될 때 갑자기 양 페이지에 걸친 컷으로 수많은 사람들이 나오죠. 이건 어찌 보면 히에로니무스 보스나 브뤼헐의 풍속화를 만화로 표현한 거예요. 후대 중에 이런 걸 해낸 작품은 기껏해야 『마카로니 호렌소[6]』 정도고, 요즘 만화에서는 도저히 불가능한 스케일이죠. 그러고 보니 데즈카 선생님도 『파우스트』라는 만화를 그렸네요……."

여기까지는 전부 어느 정도 정해진 대본대로였다. 그래서 아나운서도 데즈카 오사무의 『파우스트』 그림판을 꺼낼 수 있

---

[6] 1970년대 후반의 일본 개그 만화로 같은 하숙집에 사는 세 고등학생의 일상적인 소동을 기발하게 그려내 인기를 끌었다.

었다. 도이치는 슬슬 강의를 마무리하려고 사회자 역할의 아나운서와 가볍게 눈빛을 주고받았다. 그런데 이때 갑자기 O가 손을 들며 말했다.

"저어, 왜 희극으로 하고 싶은 건가요?"

"네?"

"어째서 이 세계를 희극으로 보고 싶은 건가요?" 그녀는 다시 한번 또박또박 말했다. 도이치뿐만 아니라 출연진과 방송 스태프까지 모두의 시선이 그녀에게 쏠렸다. "괴테가—어쩌면 선생님이—지금 고통받고 있으며 비극의 한가운데에 있는 사람이 무수히 많은 이 세계를 부감하고 싶다고 생각하는 이유는 무엇인가요?"

도이치는 이 갑작스러운 질문에 어떻게 대답하면 좋을지 곧바로 떠오르지 않았다. 그저 방긋 웃으며 "네. 아주 거대한 질문이네요" 하고 일단은 고개를 끄덕였다. 그런 다음 자신의 머릿속 서재—원고에 쓴 글, 조금 전까지 읽은 시카리의 책, O. K와 아나운서와 녹화 전 나눈 잡담, O를 향한 K의 성희롱에 가까운 말과 행동, 이제까지 읽어온 모든 책, 무엇보다『파우스트』의 문장—에서 그러모은 단어들을 급하게 짜맞추기 시작했다.

"어찌 보면 파우스트의 '지배하고 싶다, 소유하고 싶다'는 욕망은 남성적이며 관습적이라고도 할 수 있습니다. 이를 '영원히 여성적인 것'이 구원한다는 서사 자체가 괴테에게 내면화되어 있었다는 점도 부정할 수 없고요. 괴테 같은 거장이 세계 문학의 정전이 되기로 운명 지어진 듯한 거대한 이야기를 짓기 위해 희생된 작은 이야기는 아주 많았을 겁니다. 아까 K 씨가 '자기중심적'이라고 표현했는데 맞는 말이지요. 작품 마지막에 나오는 바우키스와 필레몬[7] 에피소드는, 제 생각엔 베아트리체[8]보다 더 섬뜩합니다. 파우스트는 Zu sehn, was alles ich getan(앗, 원문은 쓰지 말라고 했는데……), 요컨대 그가 이뤄온 모든 것을 보기 위해, mir den Welt-Besitz, 즉 자신의 세계 장악이라고나 할까요, 그걸 방해하는 보리수를 없애버리려고 하죠. 하지만 그로 인해 결국 파우스트의 세상은 모든 것이 아니

---

[7] 그리스 신화에 나오는 선량한 노부부로 제우스와 헤르메스가 나그네로 변장해 마을을 방문했을 때 유일하게 그들을 환대한다. 제우스는 그 보답으로 한날한시에 죽고 싶다는 이들의 소원을 들어주고, 부부는 죽은 뒤 참나무와 보리수로 변한다. 『파우스트』에서는 파우스트가 개발하려는 해안가에 사는 사람들로 나오며, 파우스트가 내쫓으려 하지만 이들은 이주하지 않아서 결국 메피스토펠레스에 의해 죽음을 맞이한다.

[8] 단테가 실제로 짝사랑했던 여성. 『신곡』에서는 단테를 천국으로 인도하는 순결하고 신성한 여성이자 이상화된 상징과도 같은 존재로 등장한다.

게 됩니다. 어떤 면에서 괴테는 위에서 내려다보며 앉아 있는 것이 얼마나 허무한지도 이야기하는 셈이에요. 단, 괴테는 객관적 진리로서의 뉴턴 과학에 맞서 주관성을 중시했습니다. 이 말은 세 번째 밤에 『색채론』 이야기가 나왔을 때도 했죠. 음, 괴테는 자신의 '자기중심성'을 그 한계까지 포함해 인정했던 게 아닐까요. 그걸 전제로 모든 사람이 본연의 모습 그대로 이야기하는 세계를 『파우스트』라는 작품으로 압축한 겁니다. 정말이지 말도 안 되는 구제 불능의 산물이지만, 거기에 사랑이라는 띠를 둘렀습니다. 이는 괴테가 전 세계를 향해 '모든 것이 그러하다'라고 말할 수밖에 없었기 때문이며, 그는 실제로 이런 말도 했습니다."

그리고 도이치는 자신에게 가장 가까이 있었던 말에 손을 뻗고 말았다. 아나운서는 아까부터 그림판을 찾았지만 그게 있을 리 없었다.

"사랑은 모든 것을 혼동시키지 않고 혼연일체로 만든다."

저질러 버렸다. 도이치는 방송국에서 택시를 타고 집으로 돌아가는 내내 구역질이 났다. 집에 간신히 도착하자마자 소파에 쓰러졌다. 아키코가 "꺄악! 괜찮아?" 하고 외치는 통에 노리카도 제 방에서 뛰쳐나왔다. 아키코는 곧장 부부 침실에서 담요를 가져와 덮어줬다.

"왜 그래, 당신. 무슨 일 있었어?"

아키코가 두통에 잘 듣는 오일을 관자놀이 언저리에 발라주며 물었다.

도이치는 모조리 다 털어놓았다. 자신이 작년 결혼기념일 저녁 식사 이후 괴테의 명언을 찾고 있었다는 것. 그러던 중 시카리가 사건을 일으켰다는 것. 오늘 출처가 확인되지 않은 명언을 괴테의 말이라고 발언해 버린 것. 아무튼 있었던 일을 전부 토해내듯이 말했다(그래도 쓰즈키와 마나부가 한 말과 꿈에 대해서는 이야기하지 않았다). 하지만 학자가 아닌 아키코와 학자가 되려는 마음이 없는 노리카에게는 그 일의 심각성이 와닿지 않았다.

"딱히 상관없잖아. 그게 그렇게 큰 죄도 아니고. 오히려 존재하지 않았던 말을 아빠가 함으로써 존재한 것이 되었으니 좋지, 뭐. Let there be the Word!" 노리카는 태평하게 말했다.

"방송국에 부탁하면 편집해 주지 않을까?" 아내는 보다 현실적인 방법을 제시했다.

"모르겠어. 근데 아마 그 이야기는 네 번째 밤 중에서도 클라이맥스일 거라서……."

사실 도이치의 발언은 "왜"라는 O의 질문에 대한 명확한 대답이 아니었음에도, 혹은 명확한 대답이 아니었기 때문에 현장에 있던 사람들은 그것을 계기로 여러 가지 의견을 말했다. 제작진도 상황을 제지하지 않아서 넷이서 함께 '왜'에 대한 답을 찾기 시작했다. 실험 정신(K), 평화주의자라기보다 싸움을 싫어하는 성향(도이치), 수집욕(O. K), 그런 것들은 결국 남성적 욕구가 아닌가(아나운서) 등등 모두 자신의 괴테를 만들어 나갔다. 이에 대해 O가 "전 괴테와 같은 마음이 들지 않아요. 제 이야기가 『파우스트』 속으로 들어가는 것도 싫고요. 하지만 저의 『파우스트』로 그레첸, 베아트리체, 마리아와 함께 천국에서 여자들끼리 차 한잔하는 건 상상할 수 있어요" 하고 자신이 뿌린 씨앗을 확실하게 거두며 이야기가 무사히 수습되었다.

"그나저나 아직 그 말을 못 찾았구나." 노리카가 말했다.

"그러게"라는 아키코. "회사에는 물어봤어?"

도이치는 무슨 소리인지 곧바로 알아듣지 못해서 "회사라니, 무슨 회사?" 하고 되물었다. "티백 회사 말이야. 그걸 만든 사람은 출처를 알지 않을까?"

그 방법은 생각지도 못했다. 도이치는 얼른 손전화기로 그 티백 회사가 어디인지 알아봤다. 미국 회사 이름이 나왔다. "내가 물어봐 줄까?" 노리카가 그렇게 말하기에 부탁했다. 노리카는 곧장 자기 손전화기로 전화를 걸었다. 그리고 30분쯤—중간부터는 복도에 서서— 강한 어조로 뭐라고 계속 말했다. 마지막에는 차분하게 "Thank you for your help. Bye" 하고 전화를 끊더니 눈썹을 치켜올리며 "알아냈어"라고 했다.

"뭐라든?" 아키코가 물었다.

"참 나." 노리카는 불만스럽게 내뱉었다. "굳이 담당자까지 연결해 줬는데, 결론은 명언 사이트에서 찾은 거래. 뭐, 그럴 거라고 예상은 했지만."

"명언 사이트?"

"왜 있잖아, 인터넷에 엄청 많은 거. 누구누구의 명언, 인생을 지탱해 주는 명언, 뭐 그런……." 노리카는 말하다 말고 갑자기 머뭇거렸다.

"그렇군, 그걸 찾아보면 되겠네." 도이치는 눈에 띄게 평정심을 잃고 서재로 달려가려 했지만 노리카가 "아빠, 잠깐만" 하고 말리더니 체념과 각오가 뒤섞인 표정으로 말했다.

"그거, 나한테 듣는 게 빠를 거야."

도이치는 거실에서 노리카가 운영하는 명언 사이트 'Tree of Words'의 메인 화면을 보고 있었다. 화면 상단에는 사이트 이름과 함께 'Amicorum communia omnia'라는 모토가 적혀 있었고, 아래로 스크롤하니 카테고리가 끝없이 나열되었다. 일단 '인물'을 클릭하자 거기서 또다시 위인(종교인, 정치인, 문학자, 과학자······)과 캐릭터(전설, 창작, 만화, 애니메이션······)라는 큰 분류로 나뉘었다. '위인'에서 '문학자'로 들어가니 수많은 이름이 오십음도 순으로 주르륵 나왔다. 먼저 '괴테'를 클릭했다. 그러자 놀랍게도 총 300개가 넘는 괴테의 명언이 떴다. 그중 그 문장이 있었다.

Love does not confuse everything, but mixes. —Goethe
사랑은 모든 것을 혼란스럽게 만들지 않고 한데 섞는다.

—괴테

출처: 조사 중(2023. 12. 5.)

관련 항목 가운데 '모든 것'이 있어서 반사적으로 클릭하자 또다시 수많은 명언이 나왔다. '모든 것이 좋다!'가 눈에 띄어서 클릭했다.

모든 것이 좋다!

—오에 겐자부로

출처: 『홍수는 내 영혼에 이르고』

의미·해석: 모든 것은 좋다(가필 중 2024. 1. 3.)

관련 항목: 오에 겐자부로·전면 긍정·'Let It Be의 역사'

'의미·해석' 부분에서 무심코 웃음이 터진 채 관련 항목 '전면 긍정'을 클릭했다. 그러자 "좋다. —창세기"를 비롯해 "신은 천국에 계시고, 이 세상은 모든 것이 좋다. —브라우닝" "모든 것이 잘 되리라. —T. S. 엘리엇"…… 하는 식으로 너무나 방대한 리스트가 이어져서 일단 '모든 것'으로 되돌아왔다. 이번에는 "모든 것은 말해졌다. 하지만 모든 사람이 말한 것은 아니다. —카를 발렌틴"이 눈에 띄어서 클릭했다.

모든 것은 말해졌다. 하지만 모든 사람이 말한 것은
아니다.

—카를 발렌틴

출처: 조사 중

인용 부분: (『이제 곧 절멸한다는 종이책에 대해』[9] p.105)

관련 항목: 예술 · '모든 것은 이미~' 구문

관련 항목인 '모든 것은 이미~' 구문을 클릭했다. "말해야 할 것은 이미 다 말해졌다. 그러나 아무도 듣지 않았기 때문에 다시 한번 말해야 한다. —앙드레 지드" "모든 것은 이미 세상에 나와 있다. 우리가 할 일은 그보다 더 잘 해내는 것이다. —스탠리 큐브릭" 등이 나열되었는데, 출처는 전부 '조사 중'이었고 다른 명언 사이트의 URL이 함께 적혀 있었다. 그러고 보니 괴테도 꿈속에서 이런 말을 했었지, 하고 생각하던 참에 "모든 것은 이미 생각되었고, 말해졌다. 우리는 기껏해야 그것을 다

---

[9] 한국어판 제목은 『책의 우주』, 움베르토 에코·장 클로드 카리에르 지음, 임호경 옮김, 열린책들, 2011.

른 형식이나 표현으로 반복할 수 있을 뿐이다. ―괴테"라는 문장이 눈에 들어왔다. 그렇구나, '모든 것은 이미'라고 이미 이렇게나 말해져 왔구나 싶었다. 그럼에도 모두가 입을 다물 생각이 없다. 모든 사람이 말하지는 않았기 때문에(발렌틴, 지드), 더 잘, 혹은 다른 방식으로 다시 말할 수 있기 때문에(큐브릭, 괴테) 등 이유는 가지가지지만 결국 "War das das Leben? Wohlan! Noch einmal!이것이 삶이던가? 좋다! 그렇다면 다시 한번![10]"이 아닐까. 거기에는 이런 말까지 있어서 깜짝 놀랐다.

> 괴테는 모든 것을 말했다.
>
> ―독일 농담?
>
> 출처: 조사 중(2023. 12. 21.)

도이치는 메인 화면으로 돌아왔다. 이번에는 카테고리 가운데 '테마'로 들어가 가장 위에 뜬 '사랑'을 클릭하자 예의 티백 꼬리표에 적혀 있던 명언 20개를 당연히 포함해 무려 1,300개

---

10 니체의 『차라투스트라는 이렇게 말했다』에서 인용한 말.

나 되는 명언이 줄줄이 떴다. 그걸 본 도이치는 겁에 질려 메인 화면으로 되돌아갔다. 다시 '인물' 카테고리로 들어가 '캐릭터'에서 '애니메이션'을 고른 뒤 '건담'을 클릭했다. 두 번 되돌아가 '가수'에서 '오자와 겐지'를 클릭. 한 번 되돌아가 '후지와라 모토오'…… 도이치는 그렇게 하면서 동네 역까지 걸어간 딸이 연인을 데려오는 것을 기다리고 있었다. 이야기는 20분쯤 전으로 거슬러 올라간다.

딸의 방에 들어간 것은 아마도 5년 만이었다. 대학 입시를 앞두고 지망 학교를 바꾸고 싶다고 딸이 어머니에게 털어놓은 다음 날 아침, 아버지는 딸의 방에 들어가 "네가 좋아하는 것을 할 수 있는 곳으로 가면 돼. 그걸 위해 부모를 마음껏 이용하렴" 하고 말했다. 그런데 지금 자신이 서 있는 곳은 그때 그 방과 같은 곳일까? 우리 집에 이런 공간이 있었다는 사실을 곧바로 믿기 힘들었다. 어찌 보면 딸은 아버지가 말한 대로 '좋아하는 것을 할 수 있는 곳'을 이렇게 만들어 냈다고 말할 수 있을지도 모른다.

가장 먼저 눈길을 끄는 것은 책장의 구성이었다. 『세계 명언 명구 1001』을 비롯해 『중국 고사성어 사전』 『유대인 농담집』

『카네기 명언집』『포켓몬 속담 대백과』『포켓몬 관용구 대전집』 『부처의 100가지 말』『오치아이[11] 어록』…… 등등 명언, 명구, 격언, 고사, 성어, 속담, 관용구, 좌우명 등 부르는 방식은 제각각이지만 모두 명언집이라고 할 수 있는 책뿐이었다. 그 밖에도 『지쿠마 철학의 숲 별권 정의집[12]』『주머니에 명언을』『즐거움은 이제부터다』(전7권)『문장을 읽는 나날』『갈레티[13] 선생 실언록』에 매해 나오는 『로중엔[14]』과 『루터의 탁상담화』까지. 책뿐만 아니라 CD 재킷만 꽂혀 있는 칸도 어지간히 특이했다.

책장만 그렇다면 별다른 이야깃거리도 안 될 텐데, 문제는 벽이었다. 이 방의 벽에는 수많은 말들이 붙어 있어서 일종의 전위 예술 같기도 했다(도이치의 방에 있는 코르크판은 비교도 되지 않았다). *At the touch of love everyone becomes a poet. —Plato* 가 있었고, *Love does not confuse everything, but mixes. —Goethe*

---

11   일본 프로 야구 감독 오치아이 히로미쓰를 말함.
12   일본의 대형 출판사 지쿠마쇼보가 펴낸 철학 선집 시리즈 '지쿠마 철학의 숲'에서 다룬 주제와 개념을 사전처럼 정의하고 해설한 책.
13   독일의 역사가이자 지리학자인 요한 게오르크 아우구스트 갈레티.
14   독일 개신교에서 매년 발간하는 성경 묵상집의 제목.

가 있었으며, 운테이 마나부의 크리스마스카드가 있었다. 대부분의 말이 포스트잇이나 대학 공책을 찢은 종이, 혹은 영수증 뒷면에 적혀 있었다.

"아빠, 최초의 명언집이 뭔지 알아?" 방 주인은 환영의 뜻을 담아 퀴즈를 냈다.

"『전도서』?" 손님이 대답했다.

"과연, 그렇게 나온다 이거지. 뭐, 맞는 말이긴 해." 출제자는 자신이 준비해 둔 답안을 바꿔야만 했다. "에이, 문제를 잘못 냈네. 맞아, 확실히 『전도서』랑 『잠언집』은 훌륭한 명언집이야. 그럼 가장 대표적인 명언집은?"

"어디 보자. 『마오쩌둥 어록』 아닐까? 분명 성경 다음으로 많이 팔렸지?" 도이치는 이번에도 상당히 괜찮은 답을 내놓은 듯한 기분이 들었다.

"아이참, 아빠, 나한테 좀 맞춰서 대답해 봐. 학생들한텐 만날 그렇게 시키잖아. 됐어, 그냥 내가 말할래. 물론 명확하게 제일 처음이라고는 말할 수 없지만, 아마도 최초로 널리 유행한 건 할아버지도 좋아하시는 에라스뮈스의 『격언집』일걸. 그리고 역시 몽테뉴의 『수상록』. 몽테뉴는 만약 에라스뮈스를 만났다면 그가 하인에게 하는 말을 모조리 격언이나 경구로 삼아야 했을 거라고 우스갯소리를 했지만. 아무튼 인문주의 시대는 명언 기록장commonplace book의 시대이기도 해서, 당시는 언령신앙[15]이라고 해야 하나, 명언을 말하면 그 말의 힘을 습득할 수 있다고 믿었대. 그 믿음은 지금까지 이어지고 있잖아. 그래서 사람들은 명언을 기념품 머그컵에 새기고, 문구류에 인쇄하고, 벽에다 낙서로 쓰고, 별거 아닌 대화 속에 끼워 넣으면 교양인인 척할 수도 있고……. 그 후로도 명언집 전통은 이어져서 존 헤이우드나 라로슈푸코 같은 작가들이 나왔고, 프랭클린의 『가난한 리처드의 달력』도 등장했지. 여기까지는 여전히 교양 있는 개인이 고대부터 존재했던 말들을 명언집으로 모아서 소개하는 계몽주의의 분위기가 짙게 풍겼어. 이윽고 매스 미디어의 시대가 오자 정치가, 운동선수, 종교 지도자, 팝 가수가 명언을 인용하기 시작해. 그들은 그야말로 제멋대로 명언을 사용했어. 그게 순식간에 전 세계로 퍼져나갔지. '거짓말도 자주 하면 진실이 된다'라고 레닌이 절묘하게 표현했듯이 인용 횟수가 많으면 많을수록 그 말은 진실이 돼. 그리고 지금, 온갖 SNS에서 명

---

15 말에 내재하는 영력을 믿는 신앙.

언은 항상 폭적으로 생산, 복제되고 있어……."

그렇게 말한 뒤 노리카는 자신이 운영하는 명언 사이트를 아버지에게 보여줬다. 검은 화면에 흰 점들이 나무 모양으로 찍혀 있었는데, 그 점 하나하나가 실은 명언이었다. 도이치가 보기에는 사람을 쉽게 끌어들이지는 못할 양식 같았지만 그래 봬도 조회수는 높은 모양이었고, 유료 회원 사이트인 'The Garden of Words'도 운영해서 수익도 조금씩 내고 있었다. 이쪽에는 주로 명언에 관한 글을 올린다고 한다. 「'내일은 내일의 바람이 분다'에 관해」 「자동차 내비게이션적 언어관」 「아인슈타인 연애편지의 진위」 등 흥미로운 제목이 꽤 많았다. 이 사이트의 화면 상단에는 "좋아하는 말은 Let it be입니다. 농담이 아닙니다"라고 적혀 있었다. 실제로 노리카는 이 말에 상당히 집착하는 듯, 「Let it be의 역사」라는 글은 가장 분량이 많았는데도 아직 가필 중이었다("선생님이 싫어하는 영어로 말하자면 렛 잇 비에요." "그건 성경에 나오는 말인가?" "잘 모르겠습니다"라는 나카지마 라모의 소설에 나온 대사를 인용하며 시작되는 이 글의 마지막 수정일은 '2023. 12. 24.'였는데, 크리스마스이브 때 목사의 설교에 나온 마리아 이야기도 잽싸게 반영해 놓았다).

"오래전부터 좋은 말이 뭔지 알고 싶어서, 수집 자체는 그래서 시작했어. 되도록 좋은 말만 쓰면서 살고 싶었으니까. 하지만 그 말이 옳은가? 아름다운가? 역시 그렇게 묻지는 못했지. 올바름의 기준도 아름다움의 기준도 너무 많아서 일상생활 속에서는 판단을 제때 할 수 없고 피곤하기만 하니까. 좋아하는 친구나 작가, 연예인이 하는 말을 들을 때도 '아, 지금 이 사람 차별적 발언을 했구나, 인용을 잘못했구나' 하고 정당 투표하듯이 생각하면 누구와도 대화할 수 없거든. 그래서 그런 것보다 그 말이 지금 나한테 도움이 되는지를 생각하기 시작했어. 실제로 괴테도 말했잖아. '금언이나 명구는 언제나 대용품일 뿐이다'라고. 엄마가 아플 때면 늘 무슨 오일을 어디에 발라야 하는지 적힌 종이를 펼쳐보는 것처럼 여차할 때 쓸 수 있는 말을 찾을 수 있도록 처음에는 공책에 발췌해서 적기 시작했어. 그런데 난 역시 아빠 딸이더라. 어떻게든 체계적인 시각 정보로 파악하고 싶어져서 이 사이트를 만들었지."

말을 마친 딸이 'Tree of Words'의 메인 화면 상단부에 있는 카테고리 몇 개를 누르자 화면에 흩어져 있던 점들이 꿈틀꿈틀 움직였다.

"어느 하나의 기준으로 계통수를 만드는 게 만만찮아서 카테고리로 묶었는데……."

그렇게 설명했지만 도이치는 따라가지 못했다. 노리카는 이 명언 사이트를 남자 친구가 설계해 줬다고 털어놓았다.

딸이 무슨 말을 하려는지는 이제 명백해졌다. 남자 친구라면 티백 회사에서 인용한 명언 사이트를 알 거라는 것이다. 여하튼 도이치가 남자 친구를 직접 만나보는 편이 낫겠다고 했다. 노리카로서는 이 기회에 아버지와의 어색한 기류를 풀고 싶은 마음도 있었을 것이다.

하지만 여자 친구가 갑자기 불러냈다고 고분고분 그 아버지를 만나러 오는 남자 친구라니, 그건 그것대로 좀 문제가 있지 않을까. 의지박약에 가볍기만 한 요즘 남자애라면 어쩌지? 한편으로는 'Tree of Words'의 쾌적한 시스템과 아름다운 외관은 그 사람의 수준 높은 배려심과 센스를 확실하게 보증하는 것 같기도 했다.

도이치가 'The Garden of Words'에 올라와 있는 "뛰어난 예술가는 모방하고 위대한 예술가는 훔친다"라는, 잡스가 종종 인용했던 피카소인지 스트라빈스키인지의 말과 "미숙한 시인은 차용하고 숙련된 시인은 도용한다. 좋은 시인은 대체로 먼 옛날의 작품 또는 언어나 분야가 다른 작품에서 인용한다"라는 엘리엇의 말을 바탕으로 모더니즘에 대해 개관하는 짧은 글을 다 읽었을 때 히로바가※의 현관문이 열렸다. '어쨌든 만나보자, 이야기는 그다음부터다' 하며 도이치는 자리에서 일어났다. 딸이 데려온 사람은 다름 아닌 가미야 쓰즈키였다.

VI

도이치는 옆에 앉은 쓰즈키에게 "사인 좀 해줘" 하고 부탁했다. 아내와 딸에게는 되도록 들키고 싶지 않아서 아주 작은 목소리로. 쓰즈키는 고개를 끄덕이며 들고 있던 니키 드 생팔의 『더 타로 가든[1]』 영문판을 덮고 『신 쿵이지』를 받아들어 표지 아래쪽에 일단 세로선을 매우 길게 빼서 'R'을 적더니, 그 긴 세로선 아래쪽에 가로선을 넣어 'T'를 만들었다. 다음으로 세로선 왼쪽

---

1   프랑스 조각가 니키 드 생팔이 타로 카드를 모티프로 삼아 20여 년에 걸쳐 만든 야외 조각 정원 '타로 정원'에 관한 아트북.

에 'A'를, 세로선 중간에 가로선을 하나 더 그어 십자 모양을 만든 뒤 중간 가로선 오른쪽 끝에서 'O' 모양을 그렸다. 완성된 그림은 위에서부터 시계 방향으로 읽으면 'R·O·T·A'였다.

"이게 뭐야?" 도이치가 물었다. "로바타의 RO·TA인가?"

"그것도 맞긴 한데요." 쓰즈키는 웃으며 말했다. "다네무라 스에히로[2]의 「바보의 여행」에 이거랑 비슷한 도형이 나와요. 'ROTA'는 라틴어로 '바퀴', 사토르 마방진[3]에도 나오는데요……" 하며 R부터 A까지 집게손가락으로 훑은 뒤 손끝을 T 위에 두고 반시계 방향으로 글자를 엮어나갔다. "이렇게 하면 TORA, 즉 성경이 되죠."

"그렇구나. 바퀴와 성경이라, 재밌네." 도이치는 성경 통독과 생활의 사이클을 일치시킨 장인의 모습을 떠올렸다. 그러고 보니 쓰즈키가 그린 도형은 마나부가 말한 카롤루스 대제의 모노그램과도 왠지 모르게 비슷했다.

"그리고 또" 하며 쓰즈키는 다시 손가락 끝을 T로 가져가

---

2 일본의 독문학자, 번역가, 평론가.
3 가로, 세로 어느 방향으로 읽든 똑같아지는 다음절 다어절의 문장.

더니 이번에는 시계 방향으로 엮어나갔다. T, A, R, O······.

"타로TAROT!" 도이치는 뜻을 알아차리자마자 소리를 질렀다가 아직 다들 잠들어 있는 것을 보고 얼른 입을 틀어막았다.

"맞아요." 쓰즈키는 소리를 낮춰 말했다. "뭐, 소소한 장난 같은 거지만 처음 깨달았을 땐 엄청 홍분했어요. 성경이라는 신성한 책과 타로라는 일종의 백과사전 같은 것이 연결되는 하나의 도형. 이런 걸 진지하게 연구하고 이야기하는 사람이 학자라면 꼭 되고 싶다고 생각했는데, 저한텐 그럴 재능이 없어서요."

쓰즈키의 겸손한 말에는 약간의 망설임이 배어 있는 듯도 했다. 물론 떠올리고 있는 것은 시카리일 테다. 도이치는 그것을 신경 쓰며, 자신도 안타까운 느낌을 떨쳐내기 위해 "그래서 이번엔 타로 수집가 이야기를 쓸 거구나?" 하고 되도록 밝은 목소리로 물었다.

"네." 그가 지금 쓰고 있는 소설은 타로 수집가 반슈지 타로의 일대기라고 한다. 아직 제목은 정하지 않았지만 아마도 이런저런 이유로 'TARO'가 될 터였다.

"과거제 이야기, 재미있었어." 도이치가 말했다.

"감사합니다. 시카리 선생님이 알려주셨죠?"

"응. 그 녀석은 네가 썼다는 건 내색도 안 했지만." 그래도 시카리가 굳이 그렇게 한 이유는 왠지 알 것 같았다. "〈집으로 가는 길〉에서 얼개를 따온 거야?"

"아아, 시카리 선생님은 그렇게 말씀하시는데요." 쓰즈키는 활짝 웃으며 대답했다. "제가 생각했던 건 〈시네마 천국〉이었어요. 주인공을 영화감독에서 학자로 바꾸고, 영화관을 글방으로 변경하고, 거기에 개인적으로 흥미를 느끼고 있었던 과거 제와 중국의 백과사전 문화를 섞고, 노리카 씨가 학원에서 일하며 푸념했던 것도 살짝 녹였죠. 물론 지식이 부족해서 좀 막무가내로 쓴 면이 있지만요."

"그렇지 않아." 도이치는 그렇게 말한 뒤 "그래도 무슨 뜻인지 알겠어" 하며 고개를 끄덕였다. "그럼, 다음 작품에서는 네가 좋아하는 문다네움[4]이나 므네모시네 아틀라스[5]를 마음껏 갖다 쓰겠네."

---

4 벨기에의 서지학자 폴 오틀레와 법학자 앙리 라퐁텐이 창립한 전 세계의 지식과 문서를 분류하고 보관하려 했던 기관. 현재는 박물관으로 운영 중이다.
5 독일의 미술사가이자 이미지학 연구자 아비 바르부르크가 창안한 대형 콜라주. 고대 그리스 조각, 르네상스 회화, 신문 사진 등의 이미지로 구성돼 있다.

"뭐, 그렇죠" 하며 쓰즈키는 웃었다. "보르헤스, 칼비노, 에코 잡탕이 되면 좋겠어요."

"그야 뭐……." 틀림없이 맛있겠지. 도이치는 속으로 이어 말했다. 배탈은 날 것 같지만.

두 사람은 지금 프랑크푸르트로 향하는 비행기 안에서 이야기를 나누는 중이다. 뒷좌석에는 아키코와 노리카가 잠들어 있었고, 그들의 이어폰에서 〈마태수난곡〉이 새어 나왔다.

노리카의 남자 친구가 쓰즈키라는 사실을 알고 도이치는 '설마' 싶었지만 다음 순간 '과연 그랬구나' 하고 납득했고, 그다음에는 '다행이다' 하며 안도의 한숨을 내쉬었다. 쓰즈키는 전에 '잡탕'에서 만났을 때보다 훨씬 긴장한 모습으로 "노리카 씨와 교제하고 있습니다" 하며 고개를 숙였다. 도이치는 그를 집 안으로 들였다. '모든 것은 이러니저러니 해도 여전히 이어져 있구나' 하고 생각하며.

딸은 쓰즈키와의 첫 만남을 막힘없이 술술 털어놓았다.

"처음에는 진짜 재수 없다고 생각했어. 대학 간 독서 모임에서 내가 발표를 마치니까 '그렇게 인용만 하지 말고 자신의 언어로 말하는 게 어때?' 하고 일부러 주의를 주러 왔거든."

"아니, 그건 말이지······." 쓰즈키는 난처한 표정으로 도이치와 아키코를 향해 몸을 틀고 말했다. "노리카 씨가 너무 뛰어나니까 저희 선배들이 시샘해서 분위기가 꽤 험악해졌거든요. 좀 자제하라는 뜻으로 말한 것뿐인데······."

하지만 노리카는 멈추지 않았다. 이 일화를 드디어 도이치에게 이야기할 수 있는 것이 기뻐서 못 견디겠다는 듯이 말을 이어갔다.

"열이 확 받아서 '언어 시스템 자체가 인용이야'라고 쏘아붙였지. '보르헤스도 그렇게 말했거든' 하고. 그랬더니 쓰즈키가 '논쟁에서 권위를 방패로 쓰는 사람은 지성이 아니라 기억력을 쓰는 것에 불과해'라잖아. '다빈치도 그렇게 말했어' 하면서. 그럼 사귀는 수밖에 없지."

그런 다음 노리카는 쓰즈키가 로바타 슈진이라고 산뜻하게 밝히며 "아빠, 읽었어? 쓰즈키 재능 있지?" 하고 물었다. 도이치는 고개를 끄덕이며 더는 복잡하게 생각하지 않기로 했다.

쓰즈키는 그 티백 회사가 참조한 것으로 보이는 명언 사이트를 그날 안에 특정해(중국인이 운영하는 사이트였는데 해당 포스팅은 3년 전 영어로 작성되었다) 사이트 운영자에게 연락했다. 도이치는 그 작업을 그저 팔짱을 낀 채 지켜보는 수밖에 없었다. 지금까지 자신이 해온 건 어찌 보면 악마의 증명 같은 짓이었구나 싶었다. 그것이 괴테의 말이라는 걸 증명하기 위해 괴테 사전과 전집을 빠짐없이 훑어보고 많은 사람들에게 메일까지 보냈지만(그 질문 메일에 대한 답신이 여전히 오고 있었다), 그건 결국 그 말은 괴테의 말이 아니라는 사실을 증명하려는 일이기도 했다. 존재하지 않는 악마를 뒤쫓는 한 그는 안전하기는 했을 것이다. 왜냐하면 그것은 불가능한 추격이었으니까. 그야말로 파우스트 박사가 메피스토펠레스와 함께 세계의 모든 것을 추구하면서, 자신을 만족시키는 것은 없다고 말하며 불가능한 일을 바라는 한 안전했듯이. 하지만 도이치는 어느 날, 노리카의 말을 빌리자면 "말이 있으라!Let there be the Word!" 하고 빌고 말았다. 그 말을 거기에 존재시키려고 했던 것이다. 무한과 무無의 이음매 없는 경계선을 끝없이 옆으로 건너뛰는 쾌락에서 벗어나, 빌었다. 신에게.

명언 사이트 운영자의 답신은 결국 그날로부터 어드레가 지나서야 겨우 왔다. 노리카는 아르바이트하느라 나가고 없었지만 쓰즈키가 다시 집으로 찾아와 그 답신을 도이치에게 전했다. 결론적으로 그 운영자도 또 다른 인터넷 사이트를 참조했다고 한다. 베버라는 사람의 블로그였는데, 꽃 사진 옆에 괴테의 말이라며 그 문장이 적혀 있었다.

Die Liebe Gottes vermischt alles, ohne verwirrung[6]

"Love does not confuse everything, but mixes"는 여기서 'Gottes(조물주의)'를 빼고 영어로 옮긴 것이구나, 하고 도이치는 납득했지만 그렇다고 출처가 명확히 적혀 있는 것도 아니어서 기대는 빗나갔다. 이젠 정말 끝인가 싶었을 때 꽃을 다듬던 아키코가 뒤에서 외쳤다.
"어머, 당신이 왜 베버 씨 사이트를 보고 있어?"
어리둥절해진 도이치는 잠시 침묵한 끝에 상황을 이해했다. 베버는 아키코가 좋아하는 유튜버라는 것을. 그리고 생각했다. 자신의 명언 찾기는 결코 의미 없는 짓이 아니었다. 모든 것은 반드시 이어져 있다. 왜냐하면 모든 것은 무언가로부터 생겨났고, 우리는 아직 살아 있으니까.

---

6 조물주의 사랑은 모든 것을 뒤섞되 혼란을 일으키지 않는다는 뜻.

아키코가 베버 씨와 연락을 주고받으며 그 말에 관해 물어보자 "그거라면 꼭 우리 집에 오세요. 보여드릴 테니까요" 하고 답신이 왔다. 도이치로서는 좀 미심쩍기도 했지만 아키코는 완전히 들떠서 노리카를 시켜 비행기표를 예매했다. 도이치도 고민할 때가 아니었다. 쓰즈키를 데려가겠다는 노리카에게 반론을 펼칠 여유도 없었다. 쓰즈키와 다른 학생들에게 논문 지도를 하고, 회의를 처리하고, 졸업식을 마치는 것까지 순식간에 지나갔다. 네 사람은 나리타 공항으로 향했다.

이리하여 이제 곧 히로바 가족과 쓰즈키는 프랑크푸르트에 도착할 참이다. 팬데믹 전에는 학회 참석 등으로 꽤 자주 방문했던 도시지만, 갑자기 4년간의 공백이 생겨 도이치는 왠지 꿈을 꾸는 듯했다. 가족과 다 함께 독일에 오는 것은 얼추 11년 만이었다.

✦

사순절 기간이라 프랑크푸르트의 교회에서는 많은 사람들이 보라색 옷을 입고 있었다. 아키코 역시 보라색 옷을 입었다. 아키코와 나란히 나무 의자에 앉아 파이프 오르간 소리에 온몸을 적시며 도이치가 떠올린 것은 신혼여행 때의 추억이었다. 피터스 피시와 세겔 동전 같은 뚜렷한 에피소드는 없었다. 하지만 두 사람은 그때 처음으로 몸을 포갰고 노리카를 얻었다. 그전까지 두 사람이 결코 그런 행위를 피했던 것은 아니지만 어째서인지 잘 안되었다. 그런데 신혼여행지였던 이스라엘에서 그들은 처음으로 마음과 몸짓과 힘을 다해 서로를 사랑할 수 있었다. 그렇게 된 이유를 도이치는 지금 이 순간까지 아키코와 이야기해 보지 않았다. 하지만 이제는 이야기해도 좋지 않을까, 그런 생각이 들었다.

예배가 끝나자 일행은 예배당 앞에 앉아 있던 베버 씨와 인사를 나누었다. 베버 씨는 여든을 앞두었다고는 믿기지 않을 만큼 소녀 같은 눈동자를 지닌 여성이었다. 도이치도 지난밤 호텔 방에서 아키코가 추천한 영상을 몇 편 보고 왔기 때문에 '아, 실제로 존재하는 사람이구나' 하며 적잖이 감동했다. 하물며 아키코의 감격은 필설로 다 표현할 수 없었다.

"당신이 아키군요! 먼 길을 마다하지 않고 와줘서 고마워요." 베버 씨가 말했다. 도이치는 그 말을 아키코에게 통역했고, 아키코가 "이렇게 뵙게 되어 정말 기뻐요"라고 한 것을 전달하며 자신도 인사를 했다.

"아, 당신이 남편분이에요? 괴테 학자시죠. 아키가 얘기해 줬어요. 그렇군요, 그렇군요."

그런 다음 베버 씨와 아키코는 서로 손을 꼭 잡고 예배당에 장식된 종려나무 잎에 대해 한동안 이야기를 나누었다. 분명 언어가 통하지 않을 텐데도 두 사람은 서로의 말을 이해하는 듯했다. 이윽고 베버 씨는 교회 정원을 아키코에게 보여주고 싶다고 했고, 도이치는 그 뒤를 따르며 두 사람의 대화를 듣다가 이따금 통역을 덧붙였다.

그런 다음 일행은 쓰즈키가 빌린 라벤더색 렌터카를 타고 베버 씨 집으로 향했다. 베버 씨가 "저기서 우회전" "아, 방금은 좌회전이었는데"라는 식으로 하는 말을 도이치가 통역하면 쓰즈키가 침착하게 그 지시를 따랐다. 이윽고 모습을 드러낸 베버 씨의 집(유튜브 영상의 무대여서 아키코는 기절 직전이었다)은 돌로 지은 아담한 건물이었지만 뜰에는 한정된 공간 속에 무수한 꽃과 식물이 응축되어 있었다. 특히 제비꽃이 예뻤다.

차가 주차장으로 들어서자 집 안쪽에서 젊은 청년이 나왔다. 영상에 종종 등장하는 인물이었다. 남편을 여읜 베버 씨에게 유튜브를 찍어보라고 권한 시인 노아. 당연히 그의 뒤에는 베버 씨의 손녀 에마가 있었다. 베버 씨는 방으로 들어가 나무

선반 쪽으로 걸어가더니 너무나도 싱겁게 그 편지를 꺼냈다.

"자, 봐요. 이게 괴테의 편지예요."

베버 씨는 도이치에게 낡은 종이 한 장을 건넸다. 그런 다음 곧장 뜰로 가버려서 아키코도 그 뒤를 따랐다. 노리카와 쓰즈키, 노아와 에마도 줄지어 나갔다(젊은이들은 영어로 어려움 없이 대화를 나누었다). 방에 홀로 남겨진 도이치는 의자에 앉아 베버 씨가 건넨 편지를 군침을 삼키며 읽었다. 거기에는 이렇게 적혀 있었다.

> 지난번 꽃 정말 고마웠습니다. 다소 특이한 모양이지만 향기는 분명 장미와 비슷하니 참 신기했습니다. 친구에게 보여주자 이런 것도 꽃이냐며 놀라더군요. 하지만 실로 조물주의 사랑은 하나의 꽃에서 모든 꽃을 싹트게 했습니다. 그걸 알면 우리 인간도 언젠가는 혼란 없이 뒤섞이리라 믿을 수 있습니다.
>
> 괴테

도이치는 눈을 가늘게 뜨고 생각에 잠겼다. 일단 지금까지 이 말이 흘러간 경로를 머릿속에서 정리해 보려 했다. "조물주의 사랑은 하나의 꽃에서 모든 꽃을 싹트게 했습니다. 그걸 알면 우리 인간도 언젠가는 혼란 없이 뒤섞이리라 믿을 수 있습니다." 이 문장을 베버 씨가 "조물주의 사랑은 모든 것을 혼란 없이 뒤섞는다"라고 요약했고, 그걸 본 중국인 명언 사이트 운영자가 조물주를 빼고 영어로 옮겼다. 그것을 미국 티백 회사에서 발견해 자사의 티백 꼬리표에 명언으로 실었다. 분명 그런 흐름이었겠지. 하지만 문제는 이것이 괴테의 친필 편지가 맞는지 여부였다. 솔직히 말해 도이치 눈에는 괴테의 친필로 보이지 않았다. 그 방면 전문가가 아니므로 결코 단정할 수 없지만, 도이치는 비츠 교수 밑에서 괴테의 육필 원고를 수없이 보며 눈에 익혀왔으므로 어느 정도 감은 갖추고 있었다. 대필일 가능성도 있겠지만 그렇다 해도 이게 대체 무슨 편지일까? 일단은 손전화기로 찍어두었다.

뜰로 나가자 베버 씨가 아키코 일행에게 자신의 작품을 보여주고 있었다. 도이치도 그 이야기에 귀를 기울였다.

"어머, 슬슬 식사 시간이네." 베버 씨가 놀란 눈으로 말했다. "일본에서 온 손님이니까 솜씨를 발휘해서 대접해야지. 아키도 도와줘요."

네 젊은이는 장을 보러 갔고 도이치는 아키코, 베버 씨와 함께 뜰에서 파슬리를 땄다. 그때 도이치는 베버 씨에게 물었다.

"엄청난 편지더군요. 어떤 경위로 받으신 거예요?"

"아, 그건 말이죠." 쪼그려 앉아 있던 베버 씨는 흙이 묻은 손을 앞치마에 닦은 뒤 도이치의 손을 붙들고 일어서며 말했다. "제 친할아버지의 할머니가 괴테의 연인이었거든요."

'우와'라고도 '허어'라고도 '으흠'이라고 할 수 없는, 굳이 말하자면 '으에에'에 가장 가까울 듯한 감탄사를 내뱉으며 도이치는 고개를 끄덕였다.

"그래서 괴테한테 편지를 받은 거예요. 하지만 이상한 편지죠? 적어도 연인끼리 주고받은 느낌은 아니잖아요. 게다가 그거 한 통밖에 없거든요. 우리 아버지가 연구소에 기증하려고 했는데 출처가 불분명하다며 거절당했대요. 그래서 아버지는 화가 나서—분명 돈을 받을 수 있을 줄 알았겠지요—, 이 편지는 무슨 일이 있어도 반드시 보존하라고 말씀하셨죠. 그게 유언 같은 거였어요. 하지만 전 딱히 괴테를 좋아하지 않거든요—괴테는 다른 신을 믿었잖아요?—. 그래도 그 말만은 좋다고 생각했어요. 인간의 혼란과 신의 질서라는 목사님 말씀이 떠오르더군요."

"그러셨군요."

도이치는 여기서 '왜 그 이야기를 아키코에게 미리 말하지 않고 굳이 독일까지 부른 거예요?'라고는 묻지 않았다. 그런 생각은 털끝만큼도 안 들었다.

"도이치 씨, 아키의 작품은 참 근사해요." 베버 씨가 말했다.

"당신 덕분이죠."

"아니에요" 하며 베버 씨가 미소 지었다. "괴테의 『친화력』에 나오는 정원을 재현한 작품이 특히 멋졌어요."

"허, 아내가 그런 걸 만들었나요?" 도이치가 물었다.

"네, 모르셨어요?" 베버 씨가 놀라서 눈을 동그랗게 떴다. "당신이 선물한 책이라서 제일 먼저 도전했대요. 보여달라고 하세요."

◆

베버 씨 집에서 함께한 저녁 식사는 무척 유쾌했다. 도이치 일행은 베버 씨의 유튜브 촬영을 직접 지켜보았고 아키코와 노리카는 함께 출연하기도 했다. 다음 날은 프랑크푸르트에 있는 괴테 하우스와 슈테델 미술관에 들른 뒤 아우토반을 타고 괴테 가도[7]를 따라 북쪽으로 올라갔다.

다음 목적지는 바이마르였다―도이치는 이틀 뒤 오후 요한과 만나기로 약속했다―. 이런저런 일들로 바빠서 결국 국제 면허를 갱신하러 가지 못한 도이치를 대신해 운전은 쓰즈키와 아키코가 번갈아 맡았다. 노리카도 유학 시절 국제운전면허증을 땄기 때문에 도이치는 "쓰즈키, 피곤하면 노리카한테 바꿔 달라고 해"라고 말했지만 쓰즈키는 "노리카한테는 못 맡기겠어요"라고 대답해서 노리카의 분노를 샀다. 차 안의 배경 음악은 바흐의 〈평균율 클라비어 곡집〉이었다.

아이제나흐에 있는 바흐 하우스와 바르트부르크성은 아키코가 반드시 가고 싶어 했다. 쓰즈키도 교황에게 파문당한 마르틴 루터가 은신하며 열흘(!) 만에 신약 성서를 번역했다는 방을 꼭 보고 싶어 했다.

"역시 글 쓰는 사람이니만큼 전율을 느끼는 거겠지."

잔뜩 흥분해서 루터가 숨어 지내던 방의 사진을 마구 찍어 대는 쓰즈키의 뒷모습을 바라보며 도이치는 딸에게 말을 걸었

---

7   괴테의 생애 및 작품과 관련된 도시들을 잇는 관광 루트.

다. 루터가 악마에게 잉크병을 던져서 생겼다는 벽 얼룩을 관광객들이 떼어내 가져간 흔적이 있었다. 그 움푹 팬 곳을 보며 '벽은 별로 갖고 싶지 않은데. 짐 될 거 같고'라는 생각도 하면서. 노리카는 아버지의 말에 히죽거리며 물었다. "있잖아, 아빠. 쓰즈키 어때 보여?"

"노리카, 쓰즈키가 얼마나 대단한지는 너보다 아빠가 더 잘 알지도 몰라. 어쨌거나 논문 지도교수니까."

"쯧쯧쯧." 노리카는 눈을 감고 거꾸로 선 시계추처럼 집게손가락을 흔들었다. "아빠만 지도한 건 아니거든."

"그게 무슨 뜻이니?"

"화 안 낼 거야?"

"듣고 나서 생각해 볼게."

"그럼 말 안 할래."

"화 안 낼 테니 말해보렴."

"있지, 「헤세의 헤르메스주의」는 내가 썼어." 노리카는 그렇게 말했다. 도이치는 화내지 않겠다고 선언해 버린 것을 후회했다. 머리를 감싸 쥐고 싶었다. 정말이지 다들 왜 이러는 거야. "정확히 말하자면 내가 중간까지 쓴 걸 쓰즈키가 읽고, 재밌으니까 이어 쓰겠다면서 그렇게 해준 거야. 난 발상만 하고 던져둔 걸 쓰즈키가 주워서 완성해 준 거지. 그러니까 쓰즈키를 나무라지는 마."

"노리카, 약속해다오." 도이치가 말했다. "이제 숨기는 건 그만하기로. 심장에 안 좋아. 아직 뭐가 더 있다면 지금 전부 다 말하려무나."

"에이, 그러면 재미없잖아." 노리카는 입을 삐죽 내밀었다.

"재미없어도 괜찮아. 어차피 모든 것은 이미 말해졌으니까. 그렇지? 이제 와서 숨겨봤자 소용없어."

"하지만 아빠는 놀랐잖아? 모든 건 이미 말해졌어도 자기가 말하지 않으면 재미없지."

"어휴." 도이치는 어깨를 축 늘어트렸다. 됐다, 됐어. 난 어차피 블라디미르[8]니까.

"괜찮아. 안심해도 돼." 노리카가 말했다. "You ain't heard nothin' yet![9]"

---

8   희곡 「고도를 기다리며」에서 고도를 기다리는 인물. 여기서는 도이치가 아무 것도 모르는 채 무언가를 기다리는 순진한 존재라고 자조하는 말이다.
9   최초의 유성영화 〈재즈 싱어〉의 첫 대사. 무성영화에서 유성영화로 넘어가는 순간을 상징한다. 여기서는 앞으로 더 놀라운 것이 남았다는 뜻으로 쓰였다.

요한 가족이 사는 곳은 바이마르 시내의 아파트였고, 도이치 일행은 저녁 식사에 초대받았다. 그전에 그들은 괴테 국립 박물관에 들렀다. 도이치는 아내와 딸, 제자에게 "괴테는 『파우스트』도 『친화력』도 이 방에서 썼어" "옛날엔 여기에 단테 흉상이 있었는데"라는 식으로 설명하지 않고는 배길 수 없었다. "여기서 괴테는 손자를 들어 올리며 에커만에게 이렇게 말했지" 하고 괴테인 척 연기까지 해가며.

"아빠, 굉장해. 여기서 괴테를 실제로 만나본 사람 같아."

노리카가 웃으며 말했다. 쓰즈키는 "〈서양 문학〉 수업도 한번 이런 식으로 해주시면 좋겠어요"라고 했다.

도이치는 문득 〈서양 문학〉 수업 시간에 갑자기 꿈 이야기를 시작했던 일을 떠올리고는 자신이 너무나 우스꽝스러웠다는 생각에 쓴웃음을 지었다. 하지만 예컨대 『파우스트』를 서툴게나마 연기해 보는 것도 한 가지 방법인지 모른다. 애초에 『파우스트』는 지식인의 어리석음을 그린 희곡이니, 그걸 교수가 위엄 있게 해설하는 것만큼 우스운 일은 없다고도 할 수 있다. 문득 시카리가 떠올랐다. 시카리는 메피스토펠레스를 연기할 수 있는 보기 드문 학자였다. 혹은 처음부터 그는 파우스트로 분장한 메피스토펠레스였는지도 모른다. 이번 여행에서 도이치는 웬만하면 시카리에 대해 생각하지 않으려 했다. 시카리 일이 어떻게 진행되고 있는지 아마도 자택 컴퓨터에는 메일이 와 있을 터였다. 하지만 도이치는 지금은 아직 요한과의 재회에 집중하고 싶었다.

요한 가족은 아파트 앞 공원에서 도이치 일행을 기다리고 있었다. 요한과 아내 마리는 손을 잡고 그들을 기다리다가 도이치의 얼굴을 보자 손을 크게 흔들었다. 거의 30년 만에 재회한 친구는 머리카락이 몽땅 없어졌고 어떤 옷이든 무난하게 소화하던 체형도 볼품없어졌으며 안경을 쓰고 있었지만, 틀림없이 요한이었다.

"야, 이게 웬일이냐. 도이치, 너……." 요한은 도이치를 껴안으며 말했다. "늙었구나."

"너야말로 이게 뭐냐." 도이치는 웃으며 옛 친구의 어깨를 툭 쳤다. 그리고 마리와 악수하며 말했다.

"안녕하세요. 도이치라고 합니다. 이쪽은 제 아내 아키코, 딸 노리카, 그리고 아들 같은 제자 쓰즈키입니다."

요한의 방은 그와 제자들의 작품으로 꽉 차 있었다. 요한은 최근 마리와 자신이 같은 주제로 경쟁하듯이 제작한 그림을 도이치 일행에게 보여줬다. 마리는 원래 요한의 제자였다고 한다. 요한이 "도이치, 제자랑 결혼하는 건 참 괜찮더라" 하고 진심 어린 표정으로 말하기에 도이치가 "괴테가 그러든?"이라고 물었다. 그러자 요한은 "아니, 이건 내 인생의 결론이야" 하고 또다시 진지하게 말했다. "그나저나 첫 번째 결혼은 누구랑 했는데?" 하고 속삭여 물었더니 "내 미대 선생님"이라고 해서 도이치는 옛 친구의 젊은 아내를 동정하지 않을 수 없었다.

요한은 도이치와의 추억을 이야기했고, 도이치는 자신이 그런 말을 했던가 생각하면서도 그것을 통역했다. 노리카는 아버지가 자신의 이야기를 남의 일인 양 말하는 것을 흐뭇하게 들었다.

"한번 다른 언어를 중간에 둬보는 것도 괜찮은 방법이야. 괴테도 본인이 지은 『파우스트』를 독일어로는 읽기 싫지만 이탈리아어로는 읽을 수 있다고 말하지 않았나?"

"프랑스어 아니었어요?" 쓰즈키가 매우 조심스러운(겁먹었나?) 말투로 정정했다.

"어느 쪽이든 상관없잖아. 이야기의 취지에는 맞으니까." 노리카는 쓰즈키의 귀를 오른손으로 주무르며 갑자기 요한을 향해 물었다. "요한 아저씨, '괴테는 모든 것을 말했다'는 정말 독일 농담이에요?" 도이치도 그게 궁금했기 때문에 요한에게 같은 질문을 직접 다시 던졌다.

"하하하, 글쎄다." 요한은 웃으며 대답했다. "하지만 우리 아버지가 자주 했던 말이니까 바이마르 사람들의 말버릇인지도 모르지. 아니면 특정 시기의 바이마르 사람들이 그랬을 수도 있고. 여하튼 우리가 괴테니까 말이야. 바이마르 사람들은 다들 괴테의 피를 이어받았다고 믿고 있을 정도야."

"그게 정말이야?" 도이치는 그렇게 되물으며 당연히 베버 씨를 떠올렸다. 하지만 그런 집단 망상의 시시비비를 가릴 마음은 들지 않았다. 융조차 자신이 괴테의 자손이라는 망상에 기대었으니 말이다.

"뭐……." 요한은 대답을 얼버무렸다.

"비슷한 표현 중에 '중국의 지혜로운 말'이라는 게 있어요." 여기서 마리가 영어로 끼어들었다. "잘 모르는 명언은 전부 중국 것이라고 하는 거죠."

"아, 그거군요. 심상지리![10]" 노리카도 영어로 말했다. "일본에도 '사우디아라비아 속담'이라는 표현이 있죠. 특정 인물의

---

10   상상과 관념만으로 어떤 지역에 대해 생각하는 것.

말로 돌리는 것보다는 나을지도요."

"그런 말이 있었나?" 쓰즈키가 물었다. "있어!" 하며 노리카는 또다시 쓰즈키의 귀를 꼬집었다. 그 모습을 보며 도이치는 노리카가 이 여행에서 손등에 메모를 전혀 하지 않았다는 것을 깨달았다. 아, 그렇구나, 딸은 쓰즈키와 함께 있을 때면 그의 머릿속을 메모지 대신 쓰는구나. 도이치는 왠지 모르게 확실한 진실로 느껴지는 것을 하나 발견했다.

"아무튼!" 요한이 말했다. "괴테가 이렇게 말했지. 내가 모든 것을 말했다. 더는 아무 말도 하지 마라."

그 뒤 아키코는 자신의 작품 사진을 마리에게 보여주며 금세 친해졌다. 마리 역시 "저도 꽃을 좋아해요. 어릴 적부터 꽃을 세밀하게 스케치했죠"라며 그걸 보여주기 위해 유소년기부터 그려서 모아온 꽃 도감을 아키코에게 내밀었다. 그건 그녀 자신을 드러내는 진정한 자기소개였다. 이번에는 아키코 차례였다. 베버 씨 채널에서 이날 아침 공개한 아키코가 나온 영상이 명함 역할을 해준 듯했다. 노리카는 다음 날 비텐베르크에 간다고 이야기하던 중 "얀 코트[11]가 '비텐베르크의 파우스트와 햄릿'이라는 연극을 쓰기로 마음만 먹으면 언제든지 쓸 수 있다고 어딘가에서 말했는데, 그걸 실행에 옮길 사람 없을까?" 하며 쓰즈키를 부추겼고, 쓰즈키가 "내가 쓸게!"라고 말하자 다들 환호했다. 아키코는 사교성을 타고났고 노리카는 어머니에게 좋은 점만 배웠다. 도이치는 그렇게 생각했고, 요한과는 게르하르트 리히터[12] 이야기를 나누며 크게 흥이 올랐다.

도이치는 요한의 작품을 두 점 구매하기로 한 뒤 그 집을 나섰다(요한은 이미 도이치의 책을 아마존에서 샀지만 어차피 일본어를 읽지 못하니 좌선할 때 머리 위에 얹어둔다고 했다). 밤의 바이마르는 크리스마스 날 꾼 꿈을 매개로 미타의 집까지 잇닿아 있는 느낌이었다.

도이치는 문득 아내에게 말을 걸었다. "아키코, 『친화력』에 나오는 정원을 만들었다며?" 아내의 손끝을 만진다. 깍지를 낀다.

"아아, 베버 씨가 말했어?" 아내는 도이치의 손을 맞잡는다.

"응. 대단한데. 다음에 보여줘."

---

11 전후 독일을 대표하는 현대미술가.
12 폴란드 출신의 정치활동가, 비평가, 연극이론가. 미국으로 망명해 20세기 후반 셰익스피어 상연에 큰 영향을 끼쳤다.

"전에 보여줬잖아." 아키코는 얼굴을 찌푸렸다. 아까부터 노리카가 쓰즈키에게 계속 보여주던 표정과 똑 닮았다. 그나저나 두 사람은 어디 갔지? 방금까지 같이 있었는데. 뭐, 딱히 상관없다.

"그래? 그럼 다시 한번 보여줘. 집에 가면 만드는 방법도 가르쳐 주고. 나도 만들어 보고 싶어졌어." 도이치가 말했다.

사랑은 모든 것을 혼동시키지 않고 혼연일체로 만든다. 바이마르의 바람이 그렇게 알려주고 있었다.

epilogue

〈잠 못 드는 밤을 위해〉 네 번째 밤 방송일. 히로바가家 사람들은 새벽 1시가 되기를 목 빼고 기다리고 있었다. 도이치는 독일어 원문으로, 노리카는 콜리지[1]가 번역한 영문판으로, 쓰즈키는 모리 오가이가 번역한 일본어판으로, 아키코는 도이치가 번역한 판본과 방송용 원고를 나란히 놓고(첫 번째 방송에서 "슈바이처 박사는 매년 부활절 날 『파우스트』를 읽었다고 합니다"라고 남편이 말한 것을 듣고는 비로소 이 책을 읽을 마음이 생겼다), 언어는 다르지만 네

---

1   영국 낭만파 시인이자 독일 문학 번역가였던 사무엘 테일러 콜리지.

사람은 같은 『파우스트』를 읽으며 거실에서 느긋한 시간을 보내고 있었다. 시계는 쓰즈키가 수리한 뒤로 정확한 시간을 가리켰다. 이윽고 방송 시작 시각이 되어 화면에 '히로바 도이치'가 등장했다.

"아무리 그래도 그렇지, '패스트 교양의 시대에 파우스트의 교양을!'이라는 홍보 문구는 절묘하게 촌스럽네." TV 화면에 뜬 문구를 가리키며 노리카가 웃었다.

"그래? 난 구수해서 좋은데." 아키코는 반론하려다가 오히려 촌스러움을 긍정하고 말았다. 도이치는 말로 표현하지는 않았지만 내심 진심으로 상처받았다. 그 문구는 사실 도이치의 야심작이었다. 하지만 이때 쓰즈키가 "아뇨, 촌스럽지 않아요. 잘 만들었는데요" 하고 감싸주자 '좋아, 합격이다. 딸을 주마' 하고 무심코 시대착오적인 발언을 할 뻔했다.

방송용 원고로 만든 책은 꽤 잘 팔리는 모양이었다. 들라크루아의 석판화를 콜라주한 표지는 서점 진열대에서도 돋보였다. 하지만 그 판매량은 시카리 노리후미의 『속續 신화력』에는 크게 못 미쳤다.

시카리 사건은 전국을 떠들썩하게 만들었다. 현직 국립대

교수의 스캔들! ······. 이것만으로 대형 사건으로 번질 만큼 지식인에 대한 현대 사회의 관심이 큰 것은 아니어서, 「시카리 노리후미 교수의 『신화력』 날조와 도용에 대해」는 인문학계를 일시적으로 뒤흔들기는 했지만 어두운 과거사로 봉인되어 머지않아 잊히기를 기다리는 듯했다. 하지만 그때 모습을 감추었던 시카리의 신작 『속續 신화력』이 출간되었다. 그 책에는 이신 히카리가 시카리 노리후미 자신이라는 사실이 밝혀져 있었다.

평소에는 이유식밖에 받아먹지 않는 언론도 이것은 덥썩 물었다. 이 일은 '제2의 소칼 사건[2]'이라는 요점에서 벗어난 헤드라인을 달고 대대적으로 보도되었다. 도이치도 전국으로 발행되는 조간신문의 문화면에서 시카리의 주장을 읽었을 정도다.

"저는 학문을 파괴하고 싶은 것이 아니고, 고발하고 싶은 것도 아니며, 오히려 용인하고 싶습니다. 저는 학문이란 실패와 오류의 연속이라고 봅니다. 실패와 오류야말로 다양성의 근간이지요. 신화와 언어의 다양성이 곧 실패와 오류입니다. 하

---

[2] 미국의 물리학자 앨런 소칼이 고의로 가짜 논문을 학술지에 투고해 인문학의 허술한 이론 남용을 폭로한 사건.

지만 요즘 시대에는 실패하기가 어렵습니다. 그래서 제가 크게 실패해 드렸습니다. 실패하는 동안에는 분명 동료들에게 미안했습니다. 하지만 그들은 이해해 줄 것입니다. 저는 제가 『신화력』에서 쓴 힘을 실행했을 뿐입니다." 이렇게까지 말한다면 이해해 주는 수밖에 없다.

물론 이런 지극히 시카리다운 장난의 전모를 안 뒤로는 대학에서 대체로 동정적이었던 사람들도 지지파와 단죄파로 명확히 나뉘었고, 단죄파의 수가 약간 더 많았기 때문에 시카리는 정식으로 교수직에서 해임되었다. 하지만 도이치는 사회적으로 단죄해야 한다고 주장한 진영에서도 시카리의 장난을 남몰래 통쾌해하는 사람이 적지 않다고 느꼈다. 도이치는 당연히 지지파에게 접근했고, '본디 인문학에서 오리지널이란 무엇인가?'라는 공부 모임에 참석하기도 했지만 그걸로 무언가가 당장 바뀌지는 않았다(실제로 어떤 교수가 꺼낸 것은 '영향의 불안[3]'이라는

---

3. 미국의 문학 비평가 헤롤드 블룸이 만들어 낸 용어. 후배 시인이 뛰어난 선배 시인을 존경하면서도 독창적이고자 하는 욕망으로 인해 선배의 작품을 의도적으로 왜곡하고 방어적으로 읽어 자신의 창조성을 부각하는 것을 가리킴.

실로 오랜만에 듣는 용어였고, 도이치 자신도 괴테가 오시안[4]의 신빙성을 전혀 의심하지 않았다는 이야기를 했다). 도이치는 이 사건을 시간이 판단해 주리라고 생각하기로 했다. 그러니 자신은 지금, 확실하다고 생각하는 말만 하자고 결심했다. 그렇게 하면 그 말을 철회하거나 정정할 때도 확신을 가질 수 있을 것이다.

그 뒤 도이치와 시카리는 한 번도 만나지 않았……을 리는 없었다. 시카리가 놀랍게도 도이치에게 벌써 중쇄가 결정된 『속 신화력』의 추천사를 써달라고 부탁한 것이다. 그리고 그 논의를 하기 위해 만나자고 도이치에게 메일을 보내왔다. 일주일 전 일이다. 장소는 '잡탕'. 도이치는 자신이 시카리를 때리려고 하면 말려달라며(당연히 농담) 쓰즈키를 데려갔다.

"이야, 나란히 왔네."

가게에 도착하자 시카리는 이미 잡탕 칵테일을 마시고 있었고, 명랑하게 손을 흔들었다. 그 옆에는 어째서인지 K. M이 있었다. 도이치는 일단 그 부분에 대해서는 언급하지 않은 채

---

[4] 18세기 스코틀랜드 시인 제임스 맥퍼슨이 만들어낸 가공의 인물. 맥퍼슨은 고대 켈트족 시인 오시안의 시를 번역했다며 작품을 발표했지만 훗날 위작으로 밝혀졌다.

자리에 앉자마자 "너 또 희한한 짓을 했더구나" 하고 시카리를 몰아세웠다. 이 말을 맨 먼저 하자고 미리 정해뒀던 것이다. 그래도 좀 연극조이기는 했나.

"히로바 선생한테는 폐를 끼쳤네." 시카리는 입으로는 그렇게 말하면서도 얼굴은 자못 득의양양해서 진짜 때려주고 싶을 정도였다. "자, 한잔해."

이미 시카리에게 한 방도 아니고 몇 방이나 먹은 도이치는 여기서 한 잔 더 하는 데 이견이 있을 리 없었다. 잡탕 칵테일을 두 잔 주문하고 이번 일의 경위를 시카리에게 들었다. 대체로 도이치가 언론을 통해, 혹은 『속 신화력』을 통해 알고 있던 대로였지만 도이치는 시카리의 요설에서 예전처럼 매력을 느끼는 자신을 발견했다. "책 한 권 쓰자고 다른 책을 몇 권이나 더 쓰는 게 얼마나 고생스러운지 알아? 한 사람이 여러 사람이 되는 건 힘든 일이라고." 그런 말에도 이제는 자기변명의 기색이 없었고—시카리는 날조한 서적을 전부 실제로 썼던 것이다!—, 그 창작론도 쾌활했다. 『빌리티스의 노래[5]』를 쓴 피에르 루이의 말대로라면 몰리에르는 코르네유고[6], 델리아 베이컨의 말대로라면 셰익스피어는 프랜시스 베이컨이지[7]. 쓰즈키가 좋아하는 에메랄드 태블릿[8]이나 장미십자문서[9]도 다 위서잖아,

하며 크프우프크$_{Qfwfq}$[10] 노인처럼 독무대를 펼쳤다. 하지만 그 모든 이야기가 『속 신화력』에 적혀 있었기 때문에, 도이치는 책 한 권을 마무리하고 남은 열기로 이리되는 것은 어쩔 수 없다고 생각하며 관대하게 흘려들었다. 그중 딱 하나 몰랐던 일이 있었다.

"그나저나 히로바 선생한테 전달이 안 됐을 줄이야. 노리카한테 말해둬서 괜찮을 줄 알았는데."

"하아." 얼빠진 탄식이 터져 나왔다. "여기서 왜 노리카가 나와?"

---

5 기원전 그리스 시인 빌리티스의 자전적 이야기. 빌리티스는 허구의 캐릭터지만 작품 속에서 실존 인물처럼 소개되어 착오를 일으켰다.
6 코르네유와 몰리에르는 둘 다 프랑스의 위대한 극작가로, 일부 이론가들이 몰리에르의 작품을 코르네유가 썼다는 주장을 제기했다.
7 미국의 극작가이자 셰익스피어 학자인 델리아 베이컨은 셰익스피어의 희곡을 프랜시스 베이컨을 포함한 사회 개혁가들이 썼다고 주장했다.
8 고대 연금술의 근원적 문서라고 전해지는 신비로운 내용의 짧은 글.
9 17세기 초 독일에서 익명으로 발표된 문서로 가공의 시조 로젠크로이츠의 일생과 예언이 담겨 있으며, 이 문서를 계기로 장미십자단을 표방하는 실존 단체들이 등장했다.
10 이탈리아 작가 이탈로 칼비노의 연작 소설 『모든 우주 만화』의 등장인물로 공룡, 돌, 물고기, 먼지 등 여러 존재로 변해가며 우주에서 일어난 모든 일을 겪었다고 주장한다.

"말 안 하든?"

"전혀. 아무것도."

"그랬구나" 하며 시카리는 웃었다.

이 이야기는 K. M이 이어받았다.

"실은 제가 노리카랑 같은 독서 모임에 나가고 있어요. 아, 쓰즈키도요. 그래서 이번 일에 대해 이야기를 나눈 뒤 시카리 선생님을 직접 찾아갔죠."

"뭐, 그럼 너도?" 도이치는 쓰즈키를 쳐다봤다. 쓰즈키는 면목 없다는 듯한 표정으로 "죄송합니다. 노리카가 아직은 절대 이야기하지 말라고 해서요"라고 했다.

그 뒤 도이치 일행은 이 사건에 대해 더는 이야기하지 않았다. 그보다 시카리는 도이치의 명언 찾기 에피소드를 듣고 싶어 했다. 도이치는 "결국 그게 괴테의 말이라는 확증을 얻진 못했어" 하며 베버 씨 일을 이야기했다. 시카리는 고개를 끄덕이며 말했다. "그래도 상관없잖아? 괴테의 미발표 편지라고 해서 뭐든 써봐. 내 희생이 헛되지 않게 말이야."

잡탕에서 나오자 시카리와 K. M은 같은 방향으로 귀가한다고 했다. 결국 도이치는 두 사람의 관계를 캐묻지 못했다. "도이치, 제자랑 결혼하는 건 참 괜찮더라"라는 요한의 말이 떠올랐지만 '설마, 그럴 리는 없지' 하며 상상을 떨쳐냈다.

"그나저나 이신 히카리는 뭐야?" 헤어지기 직전에 도이치가 물었다.

"아아." 시카리는 '잘도 눈치챘구나'라는 듯한 미소를 지으며 말했다. "그건 말이지, 유머가 없는 시카리 노리후미야."

"난 그 친구 좋더라."

"나도. 앞으로 글은 모두 그 친구랑 공동 집필로 하려고."

방송은 막바지에 다다랐다. 도이치는 점점 가슴이 두근거렸다. 드디어 TV 속 자신이 말하기 시작했다.

"파우스트는 그가 이루어온 모든 것을 보기 위해 자신이 세계를 장악하는 데 방해가 되는 보리수를 없애버리려 합니다. 하지만 그로 인해 결국 파우스트의 세상은 모든 것이 아니게 됩니다."

역시나 아주 매끈하게 편집해 줬다. 그 말에 O. K와 아나운서가 고개를 끄덕이는 장면이 삽입되었다.

"어떤 면에서 괴테는 자신의 '자기중심성'을 그 한계까지 포함해('자기중심성' '한계'라는 자막이 뜬다) 인정했던 게 아닐까요. 그걸 전제로 모든 사람이 본연의 모습 그대로 이야기하는 세계를 『파우스트』라는 작품으로 압축한 거죠. 정말이지 말도 안 되는 구제 불능의 산물이지만, 거기에 사랑이라는 띠를 둘렀습니다. 그는 실제로 이런 말도 했습니다. '사랑은 모든 것을 혼동시키지 않고 혼연일체로 만든다'."

"와, 말했어!" 노리카는 축구 국가대표전에서 골이 터진 것처럼 환호했다.

"가자, 가자!"

도이치는 자신의 말을 결코 끝까지 믿지 못하는 남자가 하는 말을 들으며, 그 말을 믿어줄 수 있었다. 그 말은 진짜였기 때문이다. 설령 좋은 말은 모두 연기라 해도 그 안에 의미가 없는 것은 아니다. 여러 차례 연습하며 입에 붙이는 과정에서 자연스러움을 획득하면 마침내 그 의미가 드러날 것이다. 그렇게 믿는다면, 말은 전부 미래로 던져진 기도다. 지금으로서는 이것이 자신이 스승에게 건네받은 화두에 대한 해석의 한계다. 도이치는 그렇게 생각했다.

어쨌거나 아키코가 이렇게 말했으니 모든 게 좋다.

"『파우스트』, 재밌더라."

저자 후기
—

1. 본문에 인용된 괴테를 비롯한 독일 문학의 번역은 별도 표기가 없는 한 이 책의 등장인물들이 직접 옮긴 것이지만, 그들도 본보기로 삼을 만한 훌륭한 번역이 없었다면 막막했을 것이다. 특히 도이치의 『파우스트』 번역은 데즈카 도미오 씨의 번역에 많은 빚을 졌다.

2. 본문에 명시되지 않은 인용문의 출처는 다음과 같다.
   - 『크리스마스』, 칼 바르트 지음, 우노 하지메 옮김, 신쿄출판사, 2020.
   - 『괴테와의 대화』, 상·중·하, 요한 페터 에커만 지음, 야

마시타 하지메 옮김, 이와나미문고, 1968~1969[1].
- 『크롬웰 서문·에르나니』, 빅토르 위고 지음, 니시 세쓰오·스기야마 마사키 옮김, 우시오출판사, 2001.
- 『언어가 다르면 세계도 다르게 보이는 이유』, 기 도이처 지음, 무쿠다 나오코 옮김, 인터시프트, 2012[2].
- 〈개인적인 오에 겐자부로〉, NHK ETV 특집, 2023년 11월 11일 방송.

3. 이 밖에도 참고한 자료가 매우 많지만 'Tree of Words'의 표어 "Amicorum communia omnia"가 나에게 용기를 준다. 그 뜻은 "모든 것은 공유다".

---

[1] 한국어판은 『괴테와의 대화』 1·2, 요한 페터 에커만 지음, 장희창 옮김, 민음사, 2008.
[2] 한국어판은 『그곳은 소, 와인, 바다가 모두 빨갛다』, 기 도이처 지음, 윤영삼 옮김, 21세기북스, 2011.

옮긴이의 말
―

 이것은 우연히 손에 들어온 티백 꼬리표 하나로부터 시작되는 이야기다. 일본의 괴테 연구 일인자 히로바 도이치. 그는 결혼기념일에 가족들과 함께 간 레스토랑에서 무심코 집어든 홍차 티백 꼬리표에 '괴테의 명언'이 적혀 있는 것을 본다. "Love does not confuse everything, but mixes." 그것은 평생 괴테를 연구해 온 도이치도 처음 보는 말이었다. 이상하게 마음이 쓰여서 괴테 전집을 훑어보거나 학계 사람들에게 메일을 보내서 물어보는 등, 그 말의 출처를 확인하기 위해 사방팔방 애쓰지만 도무지 찾을 수가 없다. 진실은 손에 잡힐 듯 잡히지 않는다. 급기야 도이치는 '괴테는 말했다. 분명히 말했다' 하고 스스로에게 암시를 걸면서, TV 강연용 원고 마지막에 문제의 명언을 괴테의 말이라며 슬쩍 덧붙인다. 책의 표현대로라면 "학자로서 쌓아온 것을 단번에 무너뜨릴 수 있는 일"을 저지른 것이다.

그런데 뜻밖에도 도이치는 이 범행(?)으로 인해 자유를 느낀다. 동시에 10분 빠른지 느린지 알 수 없는 거실 시계를 보며 현재 시각이 어느 쪽이냐에 따라 "이 세계의 의미가 달라지는 듯한 느낌"도 맛본다. 반석 위에 서 있던 굳건한 그의 세계가 흔들리기 시작한다. 도이치의 명언 찾기 여정은 마침내 그를 아내와 딸, 딸의 남자친구까지 함께 독일로 데려다 놓고, 거기서 도이치는 자신이 찾아 헤매던 것이 무엇인지 마침내 발견한다.

이 줄거리는 한마디로 '어느 독문학자의 괴테 명언 출처 찾기 여정'이라고도 요약할 수 있는데, 이렇게만 들으면 다소 심심할 듯한 작품이 두 번, 세 번 반복해서 읽을수록 점점 더 재미있어지니 참 신기한 일이다(나는 지금까지 이 소설을 여섯 번쯤 통독했고, 그때마다 새로운 요소와 의미를 발견했다). 모두가 알다시피 세상에는 수많은 책, 수많은 명언, 수많은 말이 있다. 작중 '선생님(괴테)'의 말처럼 "모든 것은 이미 말해졌고, 우리는 기껏해야 그것을 다른 형식이나 표현으로 되풀이할 뿐"인지도 모른다. 하지만 "사람들은 수없이 들어온 크리스마스 이야기에 여전히 고개를 끄덕이고 한숨을 쉰다". 이미 말로 가득한 이 세계에서도 우리가 여전히 끊임없이 이야기를 해야 하는 이유는 바로 여기에 있다. 도이치가 "자신의 말을 결코 끝까지 믿지 못하는 남자가 하는 말을 들으며" 그 말을 마침내 믿게 되었듯이, 우리가 자신의 언어로 말할 때 그 말은 비로소 진짜가 될 것이다.

모든 것은 말해졌지만 자신의 언어로 다시 말할 때 의미를 가진다는 소설의 큰 주제, 또 그것을 '사랑'이라는 띠로 둘렀다는 데서 오는 감동, 예기치 못한 데서 툭툭 튀어나오는 작가의 은은한 유머, 작품의 이런 매력을 눈 밝은 독자라면 분명 알아봐 주시리라 믿는다.

마지막으로 저자와 메일을 주고받으며 알게 된 등장인물 이름 관련 에피소드와 작중 등장하는 R.O.T.A 모노그램을, 저자의 허락을 구하여 덧붙인다. 원서에는 없는 내용이니 이것은 한국 독자들에게만 몰래(?) 알려드리는 정보라고 할 수 있다.

먼저 주인공 히로바 도이치博把統一는 넓은博 지식을 파악把握해서 통일統一한다는 뜻으로 다소 우의적인 의미를 담았다고 한다. 노리카德歌는 괴테의 중국어 표기 '歌德'를 일본어 발음으로 읽은 것이며, 로바타 슈진ROBATA SHUJIN은 가미야 쓰즈키KAMIYA TSUZUKI와 히로바 노리카HIROBA NORIKA의 이름을 엮어 만들었다. 또 시카리 노리후미SHIKARI NORIHUMI에서 유머HUMOR를 빼고 철자를 재배열하면 이신 히카리ISIN HIKARI가 된다("그건 말이지, 유머가 없는 시카리 노리후미야"). 운테이 마나부芸亭學에는 芸亭를 일본어로 '게-테-(괴테)'라고도 읽을 수 있다는 것과 일본에서 가장 오래된 도서관이 운테이인芸亭院 것, 이 두 가지 의미가 담겨 있다.

저자가 직접 그려준 R.O.T.A 모노그램은 다음과 같다.

"영원히 되풀이되는" 이야기들 속에서, "그렇게 인용만 하지 말고 자신의 언어로 말하"기를 꿈꾸며.

2025년 가을
이지수

옮긴이 이지수

무라카미 하루키의 책을 원서로 읽기 위해 일본어를 전공한 번역가. 가끔 에세이도 쓴다. 사노 요코의 『사는 게 뭐라고』, 고레에다 히로카즈의 『영화를 찍으며 생각한 것』, 미야모토 테루의 『생의 실루엣』, 가와카미 미에코의 『헤븐』, 센류 걸작선 『사랑인 줄 알았는데 부정맥』, 온다 리쿠의 『스프링』 등 다수의 책을 우리말로 옮겼고, 『아무튼, 하루키』 『우리는 올록볼록해』 『사랑하는 장면이 내게로 왔다』(공저) 『읽는 사이』(공저) 등을 썼다.

괴테는 모든 것을 말했다

초판 1쇄 발행 2025년 11월 18일
초판 21쇄 발행 2026년 1월 27일

지은이 스즈키 유이
옮긴이 이지수
펴낸이 김선준

편집이사 서선행
책임편집 천혜진 **편집1팀** 이주영, 김송은
본문 디자인 김세민 **표지 디자인** 기경란
마케팅팀 권두리, 이진규, 신동빈
홍보팀 조아란, 장태수, 이은정, 권희, 박미정, 조문정,
이건희, 박지훈, 송수연, 김수빈, 현유진, 정지호
경영관리팀 송현주, 윤이경, 임해랑, 정수연

펴낸곳 ㈜콘텐츠그룹 포레스트 **출판등록** 2021년 4월 16일 제2021-000079호
주소 서울시 영등포구 여의대로 108 파크원타워1, 28층
전화 02)332-5855 **팩스** 070)4170-4865
홈페이지 www.forestbooks.co.kr
종이 ㈜월드페이퍼 **출력·인쇄·후가공·제본** 한영문화사

ISBN 979-11-94530-70-1 (03830)

- 책값은 뒤표지에 있습니다.
- 파본은 구입하신 서점에서 교환해드립니다.
- 이 책은 저작권법에 의하여 보호를 받는 저작물이므로 무단 전재와 복제를 금합니다.
- 리프는 ㈜콘텐츠그룹 포레스트의 문학 임프린트로 나뭇잎과 책의 낱장을 의미합니다.

㈜콘텐츠그룹 포레스트는 독자 여러분의 책에 관한 아이디어와 원고 투고를 기다리고 있습니다. 책 출간을 원하시는 분은 이메일 writer@forestbooks.co.kr로 간단한 개요와 취지, 연락처 등을 보내주세요. '독자의 꿈이 이뤄지는 숲, 포레스트'에서 작가의 꿈을 이루세요.

Goethe said everything

「もし、作品が外国で読まれるなら、
　　それは作者ではなく、翻訳者のお陰である」……
とゲーテが言ったかどうか、分かりませんが、
　少なくともボルヘスと川端康成がそう言っており、
　私自身も同じことを思っています。
　すばらしい翻訳を通して、この物語を楽しめる
　　韓国読者の皆さんが羨ましいです。
　　　最後に、ゲーテの（本当の）言葉を一つ。
「どんな読者を私は望むか、
　私をも自分をも世界をも忘れて、
　本の中にのみ生きる無私虚心な読者を。」

鈴木結生